지금 우리는 6학년

지금 우리는 6학년

김미선 지음

바른북스

목
차

다시 만난 전학생 7
누구의 잘못일까? 19
엄마와 경찰서 31
고양이 장군이 41
장군이 주인 47
장군이는 누구의 고양이일까? 55
친구가 되는 방법 71
법대의 판결 1 89
법과 친구 사이 99
법 전쟁 111
법대의 판결 2 127

다시 만난 전학생

6학년이 된 지 두 달이 지났다. 초등학교 최고 학년이라는 설렘도 잠시 중학교 과정을 미리 배우느라 방과 후에 잠시 모여 노는 것도 점점 어려워지고 있다. 그나마 학교 안에서는 친구들과 놀 수 있어서 좋다. 3월에 서먹했던 애들도 이제 장난도 치고 삼삼오오 모여 이야기하기에 바쁘다. 3교시 쉬는 시간이다. 우리는 10분 안에 자기가 할 수 있는 모든 것을 한다.

교실 앞에는 두 명이 칠판을 닦고 있다. 그 사이로 다른 애가 끼어든다.

"내가 칠판 닦이 담당인데 네가 자꾸 닦아놓은 곳에 장난을 치니까 내가 힘들잖아."

"도와주려고 한 건데 그래."

"분필로 드르륵하고 노는 게 도와주는 거야?"

"히히, 분필로 드르륵드르륵하는 게 재미있단 말이야. 이거 봐봐 드르륵하면서 점선이 생기잖아."

"저리 안 가!"

"알았어."

무안해졌는지 분필을 칠판 아래 두고 떠난다. 하지만 '드르륵'에 만족한 미소는 떠나지 않고 있다. 이 분단과 삼 분단 사이로 지나가던 애 옷자락에 필통이 쓸려 아래로 떨어진다. 그 애는 아무것도 모르는 듯 그 사이를 유유히 지나가고 있다. 뒷문 쪽에 앉아 있는 애가 보드게임을 하고 있는 무리를 향해 나무 블록을 발로 밀고 있다.

"너희들 블록이 자꾸 나한테 오잖아."

"미안해, 놔둘 곳이 없어서 그랬어."

"내 자리로 안 왔으면 좋겠어."

교실 바닥에 앉아 있던 무리 중 한 명이 나무 블록에 손이 닿지 않았는지 옆으로 몸을 수그려 두 팔을 뻗는다.

그러고는 블록을 두 손으로 끌어모아 잡더니 엉덩이 뒤쪽으로 밀어놓는다. 지나가는 애 발에 차인 블록이 멀리 튕겨 나간다.

우리 학교는 신축 아파트 사이에 있는 학교다. 난 몇

년 전 이사를 하면서 이곳으로 전학을 왔다. 처음에는 비어 있던 자리가 많았는데 지금은 꽉 차서 30명이 같이 생활하고 있다. 학원에서 만난 이전 학교 친구는 자기 반 학생 수가 21명이라고 했다. 교실에 놀 수 있는 공간이 있어서 날씨가 안 좋은 날에도 실내 놀이가 가능하다는 이야기도 해줬다. 큰 도로를 하나 건너왔을 뿐인데 이렇게 다르다는 게 신기하다. 우리 교실은 분단과 분단 사이를 지나갈 때 몸을 옆으로 해서 걸어가야 친구들 물건을 떨어트리지 않을 수 있다. 이런 교실에서 놀이 공간을 기대하는 것은 엄마가 학원에 가지 않아도 된다고 하는 것만큼이나 기대하기 힘든 일이다. 그렇다고 전학을 다시 갈 수는 없다.

애들이 한곳에 모여 웅성거리고 있는 쪽을 바라보았다. 법대가 앉아 있는 자리다. 이번에는 무슨 일일까.

"봐라, 내가 뭐라고 했냐. 건우가 잘못이라고 했지?"

"그러게, 그냥 축구를 하다 생긴 일인데."

우리 반 애들은 싸움이 일어나면 법대를 찾아갔다. 법대는 법 사전을 이용해 애들 사이의 문제를 해결해줬다. 우리 반에서 싸움 잘하는 건우도 법대 앞에서는 고양이 앞에 생쥐 마냥 아무 말도 못 하고 법대 말에 수긍했다.

작년 유난히도 추운 날이었다. 그해 눈이 가장 많이 내리기도 한 날이어서 애들은 눈을 만질 생각에 교실 안이 떠들썩했다.

"얘들아 봐봐, 엄청 내리지 않냐? 이런 눈이 몇 년만이냐!"

"나, 눈 먹다가 엄마한테 혼났잖아."

"왜?"

"엄마가 그러는데 요즘 눈에는 미세 먼지가 많아서 먹으면 안 된대."

"그러긴 하더라, 우리 아빠 자동차 위에 녹은 눈 자국 보니까 엄청 더럽긴 했어. 그래도 눈싸움은 해야지!"

"그렇지!"

"야! 봐봐, 우와."

함성과 함께 앞문이 열리더니 선생님이 보였다. 애들은 열린 입을 한 채로 선생님을 바라봤다. 빨개진 코에 선생님의 숱 없는 머리에는 아직 녹지 않은 눈이 그대로 있었다. 선생님은 눈을 털지도 않고 안으로 들어오셨다.

"오늘 우리 반에 전학생이 왔다."

선생님은 빈 공간에 손을 앞뒤로 흔드시며 나오라는 표현을 하셨다. 아무런 반응이 없자 고개를 뒤로 돌리셨다. 그때 선생님 등 뒤에서 전학생인 듯한 애가 불쑥 앞으로 나왔다. 선생님 뒤에서 나온 전학생을 본 반 애들은 그제야 벌린 입을 다물고 앞을 향해 몸을 고쳐 앉았다. 선생님 허리 정도 오는 키에 까만 눈동자가 유난히 크고 반짝이는 눈을 가진 애가 이불을 뒤집어쓴 듯 롱패딩으로 온몸을 감싸고 우리를 바라보고 있었다. 그 애의 가방은 몸의 3분의 1을 차지하고 있는 듯 보였는데 용케 서 있는 것이 신기했다.

"이름은 박법대, 공부를 잘한다고 하니까 어려운 거 있으면 물어보고 친하게 지내라."

"안녕, 난 박법대라고 해. 얼마 남지 않은 기간이지만 친하게 지내자."

선생님 말씀과 상관없이 말도 별로 없고 쉬는 시간이면 책만 보던 법대의 한 달 남짓한 5학년 생활은 순탄치 않았다. 귀엽다며 머리를 쓰다듬는 애도 있었고 그 애의 물건을 말없이 가지고 가서는 자기 것인 양 쓰고 다시 갖다주는 애들도 있었다. 그럴 때마다 그 애는 애들을 노려보는 것으로 자신의 불쾌한 마음을 나타냈다.

"꼬마야, 꼬마야, 너는 언제 클래?"

그 애가 오기 전까지 반에서 키가 가장 작았던 연식이가 그 애 옆에 서서 내려다보고 있었다. 그동안 받았던 서러움을 푸는 듯 연식이는 틈만 나면 전학생의 키를 놀려댔다. 반에서는 외모나 이름을 연상시키는 별명을 만들어 부르거나 힘겨루기식의 기싸움은 심각한 일이라고 생각하지 않았다. 그래서인지 연식이가 그럴 때마다 애들은 대수롭지 않게 웃고 지나쳤다. 더구나 전학을 온 지 얼마 되지 않아서 법대를 대신해 연식이의 행동을 막아주는 친구는 없었다.

"꼬마야, 꼬마야, 언제 클래?"

그날도 연식이는 웃으며 장난을 쳤다. 가만히 연식이를 바라보던 그 애는 가방에서 주섬주섬 헤드셋을 꺼내더니 귀를 막아버렸다. 이 장면을 구경하던 반 애들은 생각지 못한 일이라는 듯 멍한 얼굴로 그 애를 쳐다봤다. 흥이 떨어진 연식이는 그 후로 그 애를 모르는 척했다. 자연스럽게 반 애들도 더 이상 전학생을 신경 쓰지 않았다. 겨울 방학이 되고 다음 해 3월, 반짝이는 그 까만 눈을 교실에서 다시 볼 때까지 나의 기억에서도 5학년 말에 있었던 일은 희미해져 있었다.

처음에는 몰랐다. 새로운 애들과 뒤섞여 교실에 들어오는 그 애는 눈에 전혀 띄지 않았다. 친구들과 비슷한 키에 비슷한 옷차림, 비슷한 머리 스타일을 하고 교실로 들어오더니 제일 앞자리에 앉았다. 그러던 중 나의 눈과 그 애의 눈이 마주쳤다. 반짝반짝 빛나는 검은 눈동자, 어디선가 본 듯한 그 눈동자는 나를 알고 있는 듯했다. 누구일까.

어색하게 새 교실로 들어온 애들은 쭈뼛쭈뼛 주변을 둘러보더니 칠판에 쓰여 있는 글씨를 발견했다.

'자기가 앉고 싶은 자리에 앉으세요.'

애들은 학교에 처음 온 사람처럼 쉽게 자리를 정하지 못했다. 그나마 친한 친구를 발견한 경우는 서로 자리를 권하며 같이 앉았다. 대부분은 뒤쪽에 앉는 걸 선호했는데, 선생님의 눈을 피해서 편하게 수업에 참여할 수 있기 때문이다. 늦게 등교한 애들이 앞쪽 비어 있는 자리에 앉게 될 것이다. 난 분단 뒤쪽 창가 옆자리를 좋아한다. 수업이 지루하게 느껴지면 창밖을 구경할 수 있고 창문을 열면 시원한 바람을 처음으로 맞이할 수도 있다. 겨울에는 창문을 뚫고 들어오는 따뜻한 햇살이 운동장에 나가지 않아도 운동장에 서 있는 기분이 들게 한다. 무엇보다 사람 관찰하는 것을 좋아하는 내가 친구들이 무엇을 하는지 관찰하기에 뒤쪽 자리보다 좋은 곳은 없다. 애들이 자리에 앉고 새로운 담임 선생님에 대해 궁금해지고 있을 때쯤 열려 있는 문 사이로 담임 선생님 같은 분이 들어오셨다. 검은 머리에 짧은 단발머리, 알이 큰 안경을 썼는데 그 안으로 긴 속눈썹이 길게 위로 말려 올라가 있었다. 귓불에 딱 붙은 귀걸이는 선생님과 잘 어울려 보였다. 하얀 블라우스에 정장 재킷을 걸치시고 감청색 슬랙스 바지를 입으셨다. 3월의 교실은 추운데 저렇게 입고 오신 걸 보면 열이 많으시거나, 꾸미는 것을 좋아하시거나 아니면 처음 보는 우리에게 잘 보이고 싶으신 걸 것이다. 오른손에는 노란 서류봉투를 들고 계셨다.

"안녕, 친구들 만나서 반가워요."

선생님은 우리를 보자마자 친구라고 하셨다. 친구? 선생님이 우리를 친구라고! 애들도 어리둥절한 표정으로 주변 애들 눈치를 보았다.

"안녕하세요."

"안녕하세용."

애들이 듬성듬성 인사를 건넸다.

"우리 처음 만났는데 다 같이 인사할까요. 안녕하세요?"

선생님은 웃으시더니 목소리를 한껏 높여 애들에게 인사를 다시 건넸다. 애들은 이에 보답이라도 하듯 합창하여 인사를 했다. 선생님은 웃을 때 눈이 피에로 눈처럼 휘어졌다. 눈가에 자리 잡은 주름은 윗눈썹 끝 쪽으로 올라가는데, 할머니의 주름을 보는 것 같았다. 요즘 사람들은 얼굴만 봐서는 나이를 가늠하기 어렵다던 엄마의 말씀이 생각났다. 할머니의 주름을 하고 저렇게 웃는 선생님은 분명 성격이 좋으실 것이다. 중앙 교탁으로 오신 선생님은 봉투에서 서류를 꺼내셨다.

"6학년 첫날인데 이름 한번 불러볼게요."
"곽찬아."
"네!"
"박법대."
"네."
"서민준."
"네."
"홍연식."
"네!"

박법대! 어디서 들어봤던 이름이다. 순간 머릿속이 찌릿찌릿 전기에 감전된 듯 혼란스럽더니 정신이 번쩍 들었다. 맞다, 그 애는 전학생이다. 겨울 방학 동안 무슨 일이 생긴 건지 모르지만 훌쩍 커버린 키에 내가 미처 알아보지 못했던 것이다. 나는 앞에 앉아 있는 법대의 뒤통수부터 시작해서 낱낱이 훑어보았다. 하지만 어디에도 5학년 때 법대의 모습은 보이지 않았다. 순간 책상 옆에 걸려 있는 익숙한 가방이 보였다. 그 아이의 3분의 1을 차지하고 있던 가방, 여전히 그대로이지만 이제 법대의 몸에 딱 맞아 눈에 들어오지 않는 평범한 가방이 확실히 법대임을 증명해 주고 있었다.

누구의 잘못일까?

오늘 건우와 제일이가 싸웠다. 둘은 친한 친구다. 매일 쉬는 시간이면 공을 갖고 운동장으로 달려 나가는 둘은 오늘도 2교시 수업이 끝나기가 무섭게 운동장으로 달려 나갔다. 나도 창문으로 비치는 햇살의 유혹에 이끌려 운동장으로 나갔다.

나뭇가지에 새싹이 올라 초록이 감도는 운동장 가장자리에 높게 둘러쳐진 철조망이 보였다. 공놀이하다도로 밖으로 나가는 공을 막기 위한 것이지만 학교랑 어울리지 않는 이질감은 볼 때마다 눈살을 찌푸리게 만들었다.

나는 미니 정원 의자에 앉아 운동장을 바라보았다. 정글짐에 올라가 아래 친구들에게 올라오라 손짓하는 애들. 피구를 하는 듯 공이 날아가는 반대 방향을 향해 재빠르게 움직이는 애들. 지그재그로 달리고만 있는 애들. 메타버스 안을 정신 없이 돌아다니는 아바타들처럼 할 일 많은 애들은 각자의 놀이에 빠져 있었다. 제일이와 건우는 이런 애들 사이에서 어떻게 축구를 한다고 쉬는 시간마다 나가는 걸까.

따뜻한 햇살 때문인지 우리 반 애들도 운동장에 꽤 나와 있었다. 이 둘을 찾는 건 누워서 떡 먹기보다 쉽다던 민준의 말에 따라 운동장에서 가장 빠르게 움직이고 있는 두 명을 찾았다. 건우와 제일이가 운동장 가운데에서 공놀이를 하고 있는 모습이 보였다. 제일이는 아이들 다리 사이로 공을 이리저리 빼가며 마음껏 자기 기량을 뽐내고 있었다.

그런데 갑자기 건우가 제일이 쪽으로 무섭게 달려가는 모습이 보였다. 건우는 그 속도로 제일이 다리 사이에 있는 공을 발로 찼다. 순간 건우의 큰 덩치에 제일이가 부딪혀 넘어지고 말았다. 제일이가 건우에게 다가가 무어라 말하더니 멀리 떨어져 있는 공을 가져와 건우 쪽으로 찼다. 그 공은 곧바로 건우한테 가는가 싶었는데, 건우의 양다리 중앙에 맞고 떨어졌다. 건우가 몸을 웅크리고 자리에 주저앉더니 옆으로 쓰러졌다.

나는 벤치에서 벌떡 일어나 건우와 제일이가 있는 곳으로 부리나케 달려갔다.

"으으윽!"

"건우야, 괜찮아?"

나는 건우의 엉덩이를 두드려 주었다.

"제일이 너, 멸치 같은 게. 나한테 공 빼앗긴 게 기분 나쁘니까 일부러 공을 이상하게 준 거지?"

놀란 눈으로 건우를 바라보고 있던 제일이 표정이 바뀌더니 제일이도 질세라 한마디 했다.

"뭐! 덩치가 나한테 실력으로 안 되니까 무식하게 달려와서 나를 밀친 거잖아, 덩치만 컸지 실력도 안 되면서."

덩치는 나이에 비해 몸집은 크지만 공부에 관심이 없고 놀기를 좋아하는 건우를 무시할 때 애들이 사용하는 별명이었다. 제일이는 아차 싶었는지 건우에게 엉거주춤 다가와 건우의 팔을 잡았다.

"건우야 미안해. 내가 너무 심했어."

"놔."

힘들어하는 숨소리만 들릴 뿐 건우는 일어나지 못했다. 얼마나 지난 걸까. 건우가 나에게 손을 내밀었다. 난 건우의 손을 잡아당겨 일으켜 세웠다. 넘어진 쪽 옷에 온통 모래가 묻어 있고 고통으로 일그러진 얼굴은

땀인지 눈물인지 구분이 되지 않는 물로 뒤덮여 있었다. 콧물까지 훌쩍거리는 건우는 누가 봐도 불쌍한 모습이었다.

"으윽흑, 으윽흑, 빼빼한 게 축구 잘한다고 지금 내 앞에서 잘난 체하는 거야? 법대한테 말해서 네가 한 짓이 학교 폭력이란 걸 밝혀낼 거야."

"건우야 네가 먼저 무리하게 제일이 공을 빼앗으려고 한 것은 맞잖아. 제일이가 제일 싫어하는 별명도 부르고."

"뭐? 찬아 너, 지금 제일이 편드는 거야? 놔, 나 혼자 갈 수 있어."

건우가 절룩거리며 교실 쪽으로 걸어갔다. 나는 제일이를 바라보았다. 제일이는 건우가 가는 쪽을 바라보고 있었다. 그러더니 고개를 떨구고 발로 운동장 모래를 차기 시작했다. 뿌연 모래 연기가 그 주변으로 퍼져 나갔다. 제일이 마음이 저 모래 연기 같을 거라고 생각됐다. 한참 그렇게 있던 제일이도 건우가 사라졌던 곳으로 발걸음을 옮겼다. 나는 어떻게 해줘야 할지 몰라 제일이 옆에서 말없이 걷기만 했다. 제일이와 교실에 도착하니 건우는 책상에 엎드려 있고 그 주변으로 아이들이 모여 있었다.

"제일이가 건우한테 일부러 공을 세게 찼다면서?"

"아니야, 나도 운동장에서 봤는데 건우가 제일이를 밀쳤어. 그것도 완전 고의로."

"그래도 남자의 소중한 곳을 그렇게 공으로 맞추면 되냐?"

"건우가 먼저 그랬으니까 제일이도 당연히 화가 난 거지."

"선생님 말씀 못 들었냐, 친구가 싫어하는 별명은 부르지 말라고 했잖아."

"맞아, 멸치는 제일이가 가장 싫어하는 별명인데 건우가 제일이한테 멸치라고 했다면서?"

"그럼 제일이가 건우한테 덩치라고 별명 부른 건 괜찮은 거야?"

애들은 앞뒤 없이 자기가 알고 있는 사실을 말하기 바빴다. 정작 건우는 조용하기만 했다.

"건우야, 괜찮아?"

내가 다가가 건우에게 말을 건넸다.

"으응."

건우가 고개를 들어 나를 바라보았다. 세수를 했는지 조금 전에 봤던 얼굴보다 한결 깨끗해지고 얼굴 표정도 나아 보였다. 건우는 다시 내 옆으로 눈길을 돌렸다. 아마 제일이를 찾고 있는 모양이다. 건우가 자리에서 천천히 일어나더니 제일이가 서 있는 곳으로 갔다.

"제일아, 네가 싫어하는 별명을 불러서 미안해, 나도 너처럼 축구를 잘하고 싶은데 안되니까 화가 난 것 같아."

"나도 네가 싫어하는 별명을 불러서 미안해."

둘은 악수를 하더니 멋쩍게 웃었다.

"그런데, 누가 진짜 잘못했는지 알고 싶다. 건우 너 법대한테 물어본다고 했다면서?"

애들 사이에서 누군가 불쑥 말을 꺼냈다. 아직 건우는 법대한테 말하지 않았나 보다. 애들이 일제히 건우를 바라보았다. 건우가 고개를 좌우로 저었다. 애들은 실망한 눈초리였다. 내심 법대가 어떻게 판결 내릴지 궁금했을 것이다.

"그럼 내가 물어볼게."

연식이는 큰 임무를 맡은 것마냥 허리에 양손을 걸치고 고개를 뻣뻣이 들고 있었다. 아이들이 하나같이 고개를 끄덕거렸다. 순간 앞문이 열리면서 선생님이 들어오셨다. 애들은 아무 일도 없다는 듯 자리로 돌아가 앉았다. 선생님은 애들을 쭉 훑어보셨다. 예리한 눈빛이 교실 구석구석에 가서 박히는 것 같았다. 저럴 때

보면 담임 선생님은 탐정 같기도 하다. 아무 말 없이 얼굴에 미소를 머금은 선생님은 책상으로 가시더니 수업할 책을 꺼내셨다. 평소 좋아하는 사회 시간이지만 오늘은 더디게만 흘러갔다. 법대는 계속 발표를 하고 있고, 연식이는 노트에 뭔가를 쓰고 있었다. 언뜻 보면 열심히 수업받고 있는 것처럼 보이지만 선생님 말씀과는 상관없이 연필이 움직이는 것으로 봐서는, 딴짓을 하고 있는 것이 분명했다. 옆 분단에 앉아 있는 민준이가 나와 눈이 마주치자 찡긋 한쪽 눈을 감았다. 수업에 집중하지 못하고 있는 내 마음을 이해하고 있다는 눈치다. 나도 그냥 웃어주었다.

  3교시가 끝나고 반 애들은 법대 주위로 몰려갔다. 건우와 제일이의 싸움에 판결을 내려달라는 것이다. 애들 사이에서 제일이와 건우도 긴장한 얼굴로 법대가 뭔가를 말해주기만을 기다리고 있었다. 또렷하고 정확한 발음의 목소리가 웅성거리는 소리 사이로 들려왔다.

  "명예훼손이라는 말이 있어. 명예훼손은 다른 사람에 대한 사회적 지위와 명예 등에 피해를 주는 거야. 그 사람의 가치 자체를 떨어뜨리는 것을 말하는 거지. 다시 말하면 건우가 제일이를 멸치라고 불러서 마치 제일이가 멸치처럼 마르고 볼품없는 사람같이 여겨지게 한 것이라 할 수 있어. 제일이가 만약 정신적인 피해를 받았다고 생각한다면 건우에게 피해보상을 받아도 돼."
 "제일이가 공을 못 만지게 하려고 애들 사이로 자꾸 공을 빼돌리니까. 건우가 화가 난 거잖아."
 "건우가 먼저 그런 거 아니야?"
 "그런다고 남자의 소중한 부위를 공으로 차면 안 되지."
 "축구하는데 공이 좋게만 오냐."
 "축구는 태클도 걸고, 몸싸움도 하고 그러는 거잖아."
 "다치기 싫으면 축구를 안 해야지."
 "제일이도 건우를 덩치라고 했다는데……."
 "그냥 친구끼리 한 말인데, 명예훼손이라고 하니까 무섭다."
 "봐라, 내가 뭐라고 했냐. 건우가 잘못이라고 했지?"
 "그러게. 이제 건우랑 제일이 절교하는 거 아니야?"
 "이런 일로 절교하면 우리 반 절반은 절교해야 될걸."
 "법대야 어디가. 같이 가자."
 애들이 법대를 따라 교실 밖으로 나간다. 나는 고개를 돌려 운동장을 내려다봤다. 애들이 운동장 곳곳에 무리 지어 놀고 있다. 그 사이로 순간 이동이라도 한 듯 제일이와 건우가 있다. 언제 싸웠냐는 듯 축구를 하고 있는 모습이 보인다. 놀고 있는 모습을 보고 있자니 3학년 때 민준이랑 싸웠던 기억이 떠올라 피식 웃음이 났다.

민준이는 나와 유치원 동창이다. 민준이 부모님은 민준이가 6살 때 교통사고로 돌아가셨다고 했다. 이런 민준이를 할아버지가 데려다 키우셨는데, 바둑 학원을 운영하셨던 할아버지 때문인지 민준이는 어울리지 않게 바둑을 잘 두었다. 내가 힘들어하면 도리어 날 위로해 주는 친구이기도 했다. 하지만 민준이의 장난은 익숙해지지 않았다.

하루는 내가 걸어갈 때마다 웃던 같은 반 여자애가 달려오더니 등에 붙어 있던 쪽지를 떼어주었다.

「생각 많은 바보 곽찬아 - 서민준」

자기 이름까지 떡하니 써서 실명을 밝힌 민준이는 아무렇지도 않게 나에게 오더니 "찬아야, 자고로 과유불급이라고 했어. 생각이 많으면 바보가 된다는 말이야." 하며 낄낄 웃었다. 오전 내내 등에 바보 쪽지를 붙이고 다녔다는 게 부끄러워 나는 아무 말도 못 하고 그 자리에서 엉엉 울었다. 선생님들이 달려오셔서 달래기도 하고 내가 보는 앞에서 민준이를 혼내기도 했지만 난 엄마가 오실 때까지 목이 쉬도록 울었던 거 같다. 이 일 이후 민준이는 나에게 장난치는 것을 조심스러워했다. 하지만 장난을 그만두지는 않았다. 지금도 민준이는 여전히 내 친구다.

저렇게 다시 놀 거면서……. 교실에 남아 있는 몇몇 애들은 법대의 판결에 대한 여운이 가시지 않은 듯 자기들끼리 논쟁을 벌이고 있다. 다른 애들은 보드게임을 하거나 자기가 좋아하는 연예인 사진을 보여주며 이야기를 나누고 있다. 벽에 걸려 있는 시계가 11시 35분을 가리키고 있다. 6교시까지 끝나려면 한참 기다려야 한다.

엄마와 경찰서

"찬아야, 오늘 학교 끝나고 떡볶이집에 갈래? 제일이가 법대한테 떡볶이 산대. 우리도 가보자."

민준이는 내가 말할 때까지 어깨를 흔들어 댔다.

"내가 거기를 왜 가야 하는데!"

"법대가 재밌는 이야기 많이 해주잖아."

"귀에 걸면 귀걸이, 코에 걸면 코걸이 이야기지."

"난 가볼 거야. 오늘도 법대가 제일이 문제를 잘 해결해 줬잖아!"

"무슨……."

내심 법대가 어떤 이야기를 해주는지 궁금했지만 집에 있는 엄마가 걱정됐다. 엄마는 몇 주째 직장에 나가지 않고 계신다.

학교가 끝나자마자 민준이는 떡볶이집으로 가버렸다. 오늘은 학원에 가지 않는 날이라 집에 바로 가야 하는데, 민준이가 없으니 집에 가는 길이 멀기만 하다. 현관문 비밀번호 여덟 자리를 꾹꾹 눌러본다. "삐리릭" 아무 일 없다는 듯이 문이 열린다. 집 안은 조용하기만 하다. 소파에 엄마가 비스듬히 누워 계신다. 까치발을 하고 엄마한테 다가가 엄마를 바라보았다. 미동도 없다. 손을 엄마 배에 올려본다. 다행이다.

엄마는 요즘 소파에 누워 있는 시간이 많아지셨다. 예전엔 집에 오면 엄마가 안 계셔서 속상했는데 이젠 계속 소파에만 누워 계셔서 걱정이다. 엄마의 눈이 파르르 떨린다. 나는 거실에 아무렇게나 놓여 있던 가방을 낚아채듯 집어 들고 뒤돌아 방으로 향했다. 방문을 열려고 하는데 엄마 목소리가 들려온다.

"찬아야 왔니? 엄마가 너 온 것도 모르고 자고 있었네. 뭐라도 먹을래?"

"아니, 괜찮아요."

"학교에서는 별일 없었니?"

"학교야 매일 똑같죠. 엄마는 괜찮으세요?"

"엄마 걱정은 말고 학교생활 열심히 하렴. 친구들이랑 사이좋게 지내고."

엄마 목소리에서 힘이 빠져나간 듯하다.
"제 일은 제가 알아서 할게요."

 방 안이 깨끗이 정리돼 있다. 엄마가 들어왔다 가신 거다. 방문에 '들어오지 마시오.'라는 메모를 붙여둔다는 걸 깜빡한 게 생각난다. 6학년이 되면서 다른 사람이 내 방에 들어오는 게 싫어 엄마랑 한 약속이다. 엄마를 이해하고 말도 곱게 쓰고 싶은데 잘되지 않는다. 그런 일이 있고도 매번 똑같이 말하는 엄마한테 화가 난다.

 '띵, 찬아야 놀자.'

민준이의 문자다.

 '방금 집에 와서 나가려면 엄마 허락 받아야 해. 그런데 어디에서 놀 건데?'
 '보라 놀이터.'
 '알았어.'

 방문을 여니 주방 쪽에서 맛있는 음식 냄새가 난다. 엄마가 저녁 준비를 하고 계시나 보다.

"엄마, 놀이터에서 놀고 올게요."

주방에 계시는 엄마 등에 대고 큰 소리로 말하고는 고양이 발로 현관문을 나섰다. 놀이터에는 제일이와 건우도 같이 있다. 영화를 통해 유명해진 무궁화 꽃이 피었습니다 놀이를 하고 있는 듯 민준이는 날 보고도 움직임 없이 눈만 끔벅거린다. 민준이 앞으로 제일이가 엉거주춤한 자세로 정면을 보고 있고, 건우가 이런 제일이와 민준이를 날카로운 눈으로 쳐다본다. 놀이에는 진심인 애들이다.

"야, 민준이 너 아웃."

"아니거든!"

"방금 눈 끔벅거렸잖아?"

"아! 그건 찬아가 와서 보려고 한 거지."

"그러니까 움직인 거 맞잖아?"

"이심전심, 이런 건 좀 봐줘."

"안 되거든!"

"야! 야, 우리 찬아도 왔는데 그만하자."

제일이가 민준이와 건우의 말을 끊고 날 바라봤다.

"그래그래, 나 죽는다."

"뭐야, 놀이 끝내자고 하니까 죽었다고 하네."

민준이가 내가 있는 곳으로 달려오더니 화단 그루터

기에 걸터앉는다. 제일이와 건우도 민준이를 따라 앉는다.

"찬아야, 너희 엄마 일은 어떻게 됐어?"

민준이가 아는 체를 하며 물어본다.

"글쎄, 모르겠어."

"아직도 경찰이 엄마 보고 오라고 한대?"

"응, 그래서 엄마가 힘들어하셔."

"너희 엄마는 잘못이 없는데 자꾸 경찰이 오라고 한대?"

"글쎄."

"찬아 엄마가 반 학생한테 친구랑 싸우면 경찰서에 갈 수 있다고 했다면서. 법대가 그러는데 선생님은 그런 말 하면 안 된대."

제일이가 나와 민준이 대화에 끼어든다.

"그 애는 원래 욕도 잘하고 시비도 잘 거는 애라 친구들도 싫어하잖아. 그날도 싸워서 찬아 엄마가 가르쳐 주려고 한 거라는데. 그런 말 했다고 경찰서에 가면 우리 모두 경찰서에 가야겠다?" 민준이의 목소리가 커지고 있다.

"아니야. 법대가 그러는데, 찬아 엄마가 잘못한 거라고 하던데!"

건우도 빠질세라 대화에 끼어든다.

"우리 고모는 나보고 공부 안 하면 대학 못 가고 취직도 못 하게 된다고 겁주는데. 그럼, 고모도 경찰서에 가야 하게? 무슨 법이 그런 법이 있냐? 찬아야, 너무 걱정하지 마라. 우리 할아버지가 그러시는데 착한 사람은 나중에 다 상을 받게 된다고 하셨어. 너희 엄마가 평소에 우리한테 얼마나 잘해주시냐, 마음이 천사 같으신데 감옥에야 가시겠어?"

위로해 주는 듯 민준이는 내 어깨에 손을 얹고 토닥거린다. 나는 괜스레 눈물이 날 것 같아 놀이터 바닥만 쳐다봤다.

작년, 엄마는 교직 생활 25년 동안 아이들을 위해 헌신하고 교육에 공헌하였다고 대통령상을 받았다. 엄마는 그 상을 받고 친구들이 좋아하는 게임 아이템을 얻었을 때 짓던 표정을 지으며 좋아하셨다. 상을 받기 위해 아이들을 가르치는 것은 아니지만 자신의 노고를 이렇게 알아주니 기쁘다는 엄마의 말이 아직도 귓가에 생생하게 들리는 것 같다. 엄마는 올해 4학년을 맡으셨다. 4학년 아이들은 선생님의 말을 잘 이해하고 따라준다며 좋아하시던 게 기억난다. 올해도 반 아이들을 데리고 사제동행 체험 활동을 가고, 늦게까지 남아 아이들을 위한 이벤트 활동을 계획하셨을 것이다. 나에게는 잘해주시지 않으면서. 이런 엄마를 보고 있으면 화가 났다. 그 일이 일어났던 날도 엄마는 학교에 빨리 가봐야 한다며 내가 밥도 먹기 전에 출근하셨다. 하지만 엄마가 집에 돌아오셨을 때는 보통 때의 엄마가 아니셨다. 어깨는 축 처져 있고 얼굴은 굳어 있었다. 내가 말을 걸어보았지만 엄마의 대답은 돌아오지 않았다. 그리고 며칠 뒤 엄마는 출근하지 않으셨다.

엄마는 모르고 계실 테지만, 학교 안을 걷다 보면 지나가는 친구들이 엄마 일에 대해 이야기해 주었다. 처음에는 앞뒤 없이 들려오던 말들이 시간이 지나면서 퍼즐이 맞추어지듯 하나의 이야기로 이어졌다.

엄마네 반에는 3학년 때까지 아이들과 자주 싸우고 욕을 잘하는 아이가 있다고 했다. 4학년이 되어서도 그 아이는 사소한 것으로 반 아이들과 싸움을 했다. 아이들이 모여서 이야기하고 있으면 자기 험담을 한다고 대뜸, 말하고 있는 아이를 때리고 욕을 했다. 지나가는 아이가 자기를 기분 나쁘게 쳐다본다고 때리기도 했다. 일주일이 지나고 그 아이 주변 일 미터 안에는 친구들이 없어졌다. 모두 그 아이와 시비가 붙는 것을 원치 않았기 때문이다. 그날은 한 아이 지우개가 그 아이가 앉아 있는 책상 아래로 굴러갔다고 한다. 지우개를 주우려고 책상 아래로 손을 뻗은 아이는 그 아이가 일어서는 바람에 뒤로 넘어져 머리가 의자에 부딪히고 말았다. 그 아이는 넘어진 아이에게 욕을 해댔다. 자기가 연필을 깎으려고 일어섰는데 앞에서 자기를 막고 못 가게 방해했다는 것이다. 엄마는 그 아이를 불렀다. 그리고 그렇게 친구들과 싸우고 욕을 하면 경찰서에 갈 수도 있다고 말해주었다. 그 아이의 부모는 다음 날 엄마를 경찰서에 신고했다. 별거 아닌 일로 아이에게 불안감을 줘서 학교에 다니기 힘들게 했다는 것이 이유다. 엄마는 그 일로 인해 담임에서 배제되고 학교를 쉬게 됐다. 간혹 학교에서 엄마 반에 동생을 둔 친구들이 엄마가 언제 학교 나오냐고 물어봤다. 동생이 엄마를 많이 보고 싶어 한다는 말도 빼놓지 않고 전해줬다. 나는 이런 말을 들을 때마다 집에 있는 엄마 모습이 떠올라 속상했다. 그리고 지금은 화가 난다. 엄마의 의도와 반 아이들의 마음과는 상관없이 그 아이 말만 듣고 판단하려는 경찰도 그 아이 부모도 모두 싫다. 엄마 일은 여전히 진행 중이다.

고양이 장군이

"우와, 고양이 예쁘다."
"우리 집 고양이는 노란색인데, 이 고양이는 검정색이네!"
"검은 고양이가 비싼 고양이라던데?"
"모르겠어. 장군이는 내가 길에서 데리고 온 거야. 엄마가 가만히 앉아 있는 모습이 전쟁터에 나가는 장군처럼 늠름하다며 장군이라고 이름 붙여주셨어."
"우와, 길에서 데리고 온 고양이가 이렇게 예뻐?"
나는 예빈이가 들고 있는 휴대폰 속 고양이를 유심히 살펴보았다. 온몸이 검정색인데 가슴 부분에 하얀 무늬가 있어 정말 중세 시대 갑옷을 입은 장군처럼 늠름해 보였다.

"유튜브에 길에서 데리고 온 고양이가 엄청 비싼 고양이었다고 나오더라. 예빈이 너도 수의사 선생님께 한번 물어봐!"

"그런 건 생각도 못 했네."

"근데 이 고양이 정말 예쁘다. 나도 엄마한테 길고양이 데리고 와서 키우자고 했는데 엄마가 안 된다고 했어. 병에 걸려 있을 수 있어서 치료비가 더 많이 든다고."

"우리 엄마도 길고양이는 어딘가에서 주인이 찾고 있을 수도 있다고 함부로 데리고 오면 안 된대. 밖에 반려동물 찾는 전단지가 종종 붙어 있잖아."

"나는 장군이를 일주일 이상 봤는걸. 내가 편의점에 갈 때마다 밖에서 날 보고 있었어. 내가 집에 갈 때는 따라오고……. 엄마한테 겨우 허락을 받고 데리고 온 거야."

예빈이는 울상이 되어 휴대폰을 끈다. 자기가 기르고 있는 고양이를 자랑하고 싶은 마음에 친구들에게 사진을 보여줬는데 오히려 주인 있는 고양이일 수 있다는 말에 기분이 상한 듯 보인다.

"얘들아, 우리 이 문제도 법대한테 물어보는 건 어때?"

이야기를 듣고 있던 연식이 제안에 모여 있던 여자애

들이 반색을 한다. 연식이는 5학년 때 그렇게 법대를 힘들게 하더니 6학년이 돼서는 법대한테 착 붙어서 법대 팬클럽 회장처럼 행동한다. 일만 생기면 법대한테 가서 물어보자고 하는데 나는 법대의 법 판결이 마음에 안 든다. 예빈이가 선뜻 말하지 못하고 휴대폰만 만지작거리고 있다. 이런 모습을 보고 있던 연식이가 법대에게로 간다.

"법대야, 너도 예빈이 이야기하는 거 들었지? 법 사전에는 길고양이를 데리고 와서 기르는 것은 어떻게 나와 있어?"

법대는 책을 읽다 말고 우리가 모여 있는 곳을 바라본다. 그러고는 책을 읽듯 또박또박 이야기한다.

"그건 아주 간단한 문제야. 예빈이가 길에서 데리고 온 고양이가 주인이 있다면 예빈이는 절도죄에 해당돼."

"뭐? 불쌍한 고양이를 데리고 와서 보살펴 준 건데 절도죄에 해당된다고?"

"다른 사람의 물건을 허락 없이 가져오는 걸 절도죄라고 해. 6년 이하의 징역이나 1,000만 원 이하의 벌금을 내야 해."

"고양이가 어떻게 물건이야?"

"법에서는 동물을 사유재산으로 말해."

인간미라고는 없는 설명이다. 듣고 있는 예빈이가 울기 시작한다.

"법대 너 예빈이는 좋은 마음으로 한 건데, 그렇게 도둑으로 몰아세우면 어떡해!"

예빈이 단짝 혜연이가 도끼눈을 하고 법대를 째려봤다.

"난 법에 대해 이야기해 줬을 뿐이야. 그리고 '주인이 있다면'이라고 했잖아."

"그래, 법대는 법에 나와 있는 걸 너희들한테 말해준 것뿐이야. 법대가 뭘 잘못했다고 그러냐?"

연식이가 법대 편을 든다.

혜연이의 도끼눈이 연식이한테로 옮겨가는가 싶더니 눈이 풀리면서 옆에 친구들을 둘러본다.

"우리 일주일 정도 고양이 주인이 있는지 찾아보고 없으면 그때는 정말 예빈이 고양이로 인정해 주는 건 어때?"

혜연이의 말에 애들은 서로의 얼굴을 쳐다보더니 동의하는 의미로 고개를 끄덕인다. 여전히 울고 있는 예빈이를 혜연이가 안아준다. 난 인정 없이 법만 읊어대는 법대의 코를 납작하게 해주고 싶었다.

"혜연아, 나도 예빈이 고양이 주인이 누구인지 같이

알아보러 다녀도 될까?"

"그래, 혼자 다니는 것보다 좋을 것 같아."

"우리 둘만 다니면 심심하니까 건우랑 제일이도 끼워 주는 건 어때? 요즘 공부하기 힘들다고 한숨만 쉬고 다니던데 우리랑 같이 고양이 주인 찾으러 다니자고 하면 얼씨구나 할 거야."

"네 단짝 민준이는 같이 안 가도 돼?"

"민준이는 요즘 바둑 대회 준비하느라 바빠. 그런데 우리 진짜 고양이 주인을 찾게 되면 어떻게 하지? 오히려 예빈이가 기분 나빠하지 않을까?"

"고양이 키운 지 한참 된 거 같은데, 지금까지 주인이 나서지 않은 걸 보면 그냥 길고양이일 거야."

나는 혜연이 말을 믿어보기로 한다. 장군이 주인이 없어서 예빈이가 좋아하는 모습이 상상돼 기분이 좋아졌다.

장군이 주인

'고양이 주인을 찾습니다. 이 고양이를 알고 있는 분은 아래 연락처로 전화 주시기 바랍니다.'

 제일이, 건우, 혜연이와 고양이 주인을 찾으러 다닌 지 4일째다. 각자 준비한 전단지를 학교 부근과 아파트 주변에 붙이고 다녔다. 엄마는 고양이 주인을 찾아주는 좋은 일을 한다며, 고양이 사진을 그림 프로그램에 넣어 전단지 만드는 것을 도와주셨다. 엄마는 변함없이 나의 학교 이야기를 들어주시고, 웃으며 대답해 주시지만 예전에 느껴졌던 활기는 느껴지지 않았다. 힘든 내색을 하지 않는 엄마를 위해 나도 모르는 척하고 있다. 건우는 손수 장군이를 그려왔다. 산만 한 덩치로 가만히 앉아 그림 그리는 건우를 볼 때면 축구할 때의 모습과는 사뭇 다르다. 이제 3일만 더 있으면 장군이의 주인은 예빈이가 된다. 예빈이를 도둑으로 몰았던 법대가 친구들 앞에서 무안을 느낄 날이 빨리 왔으면 하는 생각에 시간이 더디게만 지나가는 듯했다. 지금 드는 이 감정을 누군가 알게 되면 날 나쁘다고 하겠지만 나도 어쩔 수 없다. 예빈이네 아파트가 보인다. 그 앞에 예빈이가 자주 다닌다는 편의점도 보인다.

"얘들아, 우리 저기 편의점에 들어가서 음료수 사 마실래?"

"좋은 생각이야, 배도 고픈데 우리 라면도 같이 먹는 거 어때?"

건우가 입맛을 다시며 눈을 반짝인다.

"맞아, 편의점에서 라면 먹는 맛은 꿀보다 달지."

"너 꿀이 얼마나 단지 알고 하는 말이야?"

"넌 비유법도 모르냐?"

"비유법! 그게 뭔데?"

"그러니까 그게……. 수업 시간에 딴짓하지 말고 선생님 설명 좀 잘 들어라."

"애걔! 자기도 모르면서 나한테 뭐라 하기는."

만나기만 하면 투닥거리는 제일이와 건우다.

"딸랑딸랑"

편의점 문을 열고 들어가자 시원한 에어컨 바람이 지쳐 있는 피부를 일으켜 세웠다. 6월인데 더위는 여름 날씨마냥 푹푹 찐다. 최고 기온을 연일 갱신하더니 오늘은 28도까지 올라갔다.

"와, 시원하다. 제일아 이 닭살 좀 봐봐 어마어마하지?"

"너도 그러냐! 나도 장난 아니게 올라왔어."

둘은 별것도 아닌 걸로 저렇게 좋아한다. 서로 닭살 자랑하는 제일이와 건우를 뒤로 하고 라면이 진열된 곳을 찾아다녔다. 신신 라면, 사발 라면, 오징어 라면, 내가 좋아하는 라면이 보이지 않는다.

"사장님 여기 게딱지 라면 어디 있어요?"

"그쪽에 같이 진열돼 있을 거야."

"없어요. 한번 봐주세요."

나의 대답에 주인아주머니는 계산대에서 나와 내가 있는 곳까지 오신다. 흰색 면티에 청바지를 입었는데 이 아주머니는 검은 고양이를 키우고 있는 것이 분명하다. 검정색 고양이 털이 흰색 면티 여기저기에 붙어 있다.

"사장님, 혹시 검은 고양이를 키우고 계세요?"

"아니, 잠깐만 여기 있으렴. 저기 창고에 가서 가져오마."

창고로 가는 아주머니 뒤를 나도 따라갔다. 뒷문을 나와 조금 더 걸어가니 작은 문이 왼쪽에 있다. 그 문을 아주머니가 열고 들어가신다. 이런 곳에 창고가 있을 줄은 몰랐다. 열린 문으로 안을 살펴봤다. 편의점에 진열되어 있는 과자며, 라면, 음료수 등이 박스째 높이 쌓여 있다. 오른쪽 구석에는 작은 그릇 두 개와 담요가 놓여 있는 것이 보인다. 아주머니는 고양이는 키우지 않는다고 하셨는데 다른 동물을 키우고 계신가 보다.

"여기까지 따라왔니? 아무나 여기 오면 안 되는데. 어서 가자."

주인아주머니 오른손에는 게딱지 라면 박스가 들려 있다.

"사장님, 저기 있는 그릇과 담요는 뭐예요?"

"그거 몇 달 전에 길고양이가 돌아다녀서 내가 밥도 주고 잠자리도 만들어 준 거란다."

"조금 전에 고양이를 안 키우고 계신다고 했는데 그 고양이는 어떻게 됐어요?"

"글쎄……. 정신없이 일하다 보니 고양이를 못 챙겼지 뭐야. 어느 날 보니까 사라지고 없더구나."

"어떻게 생겼어요?"

"온통 까만데 가슴 쪽에 흰 반점이 있지. 내가 까망이라고 이름 지어줬는데……. 근데 넌 궁금한 것도 많구나. 어서 가자. 편의점을 오래 비워두면 안 된다."

이 아주머니가 키웠던 고양이가 예빈이가 기르고 있는 장군이라는 불길한 생각이 든다.

"사장님, 그 고양이를 다시 찾고 싶은 마음은 없으세요?"

"글쎄, 어디 가서 차에 치여 죽지만 않았으면 좋겠는데. 여기 와도 내가 잘 챙겨주지는 못하니."

주인아주머니는 편의점 뒷문을 열고 들어가신다. 계산대 앞에 손님이 서 있다. 계산을 하려고 기다리고 있었던 눈치다. 혜연이, 제일이, 건우는 보이지 않는다. 이 친구들은 한자리에 가만히 있지를 못하는 것 같다. 주인아주머니는 오른손에 든 게딱지 라면 박스를 바닥에 세워두더니 계산대 안으로 들어가신다.

"죄송합니다, 손님. 많이 기다리셨죠. 3,000원입니다."

숙달된 손놀림으로 계산을 마치고 내가 있는 쪽으로 다시 오신다. 바닥에 세워둔 게딱지 라면 박스를 뜯더니 라면 진열대에 보기 좋게 올려두신다.

"네가 찾는 라면 맞지?"

주인아주머니가 물어보시는데 조금 전까지 먹고 싶었던 라면이 원망스럽기만 하다. 내가 이 라면을 먹고 싶지 않았다면 장군이가 여기 고양이라는 것도 모르고 지나칠 수 있었을 텐데. 내가 아주머니를 따라가지만 않았더라면 모르는 일이 됐을 텐데, 하는 후회가 밀려든다. 아주머니가 내 의사를 확인하는 듯 다시 물어본다.

"네, 맞아요."

"딸랑딸랑"

아주머니와 내가 동시에 출입문 쪽을 바라보았다. 세 친구의 얼굴에 땀이 송골송골 맺혀 있다.

"야! 너 어디 갔었어. 한참 찾으러 다녔잖아."

"내가 찾은 라면이 없어서 사장님이랑 창고에 갔다 왔어."

"창고! 그런 게 여기 있어?"

"응, 창고에 먹을 것들이 박스로 쌓여 있어. 날씨도 더운데 여기 있지 그랬어."

"우리는 네가 기다려도 안 오니까 걱정돼서 찾으러 다녔지."

"너 찾으러 다녀서 더 배고프다. 어서 라면이나 먹자."

건우가 배를 손으로 잡고 허리를 굽혔다. 친구들은 라면을 먹으면서 연신 날 찾으러 다닌 이야기며 장군이 이야기를 한다. 난 알게 된 사실을 어떻게 친구들한테 이야기해야 할지 몰라 라면 맛이 느껴지지도 않았다.

장군이는 누구의 고양이일까?

"뭐! 그런 일이 있었으면 편의점에서 우리한테 이야기했어야지!"

"그때는 어떻게 해야 할지 결정을 못 했어. 그런데 엄마가 사실대로 말하는 게 좋다고 하시잖아. 그래서 말한 거야."

혜연이가 편의점 창고에서 사장님과 나누었던 이야기를 듣고 펄쩍 뛰면서 나를 다그친다. 하루 동안 나도 고민이 많았다. 사실대로 말하면 예빈이 고양이는 편의점 사장님한테 돌려줘야 한다. 가만히 있는 건 죄를 짓는 것 같아 마음이 불편했다. 이런 사정을 알게 된 엄마는 편의점 사장님께 사실대로 말하는 것이 좋겠다고 말씀해 주셨다.

"예빈이한테 말해야겠지?"

나는 친구들의 눈치를 살펴봤다.

"예빈이도 알아야 할 것 같아."

"그래, 사장님이 예빈이한테 키우라고 할 수도 있으니까 말해주자."

"예빈이한테는 누가 말하냐!"

우리 네 사람이 모여서 속닥거리는 모습이 아무래도 이상해 보였나 보다.

"너희들 뭐하냐. 아무래도 수상해."

연식이가 우리가 있는 쪽을 향해 걸어온다.

"별일 아니야."

연식이가 알면 안 된다. 일단 오리발부터 내밀어야 한다.

"별일 아니긴. 앞에서 계속 너희들 보고 있었는데 내가 보는 줄도 모르고 속닥거리던걸. 편의점 사장님 이야기도 하고 예빈이도 말하는 것 같던데. 빨리 말해."

"학교 끝나고 축구 시합하자고 한 거야."

제일이답게 축구로 화제를 돌린다.

"축구 이야기하는데 왜 예빈이 이야기가 나오는데?"

"예빈이가 응원해 준다고 했거든."

"예빈이가? 에이, 예빈이 같이 얌전한 애가 무슨 응

원을 하냐!"

"아니야! 사실이야."

"거짓말하지 말고 어서 말해봐."

"아아, 그래. 어차피 알게 될 거 다 말할게."

"안 돼!" 혜연이가 소리쳤지만 이미 늦어버렸다. 건우는 연식이에게 그동안 있었던 일을 말해준다.

"아, 그런 일이 있었으면 빨리 나한테 말해줘야지."

이야기를 다 들은 연식이는 법대한테로 쪼르르 가버린다.

학교가 끝나기 전 반 애들이 전부 이 사실을 알게 되었다. 연식이가 여기저기 이야기하고 다녔기 때문이다.

"찬아야, 예빈이가 주인 있는 고양이를 데리고 온 것 같은데, 이건 엄연히 절도죄에 해당돼. 네가 편의점 사장님께 예빈이 사정을 말해서 합의를 잘 봐야 할 거야."

감정이라고는 섞여 있지 않은 법대의 목소리가 머리에 와서 콕콕 박힌다. 역시 가까이하고 싶지 않은 애다. 법대는 연식이한테서 이야기를 전해 듣자마자 날 찾아왔다.

그러더니 내가 할 일을 설명해 줬다.

"합의까지 해야 할까? 예빈이가 장군이를 잘 보살피고 있으니까 주인아주머니도 이해하고 장군이를 키우게 해주실 것 같은데."

"세상은 우리가 생각하지도 못할 만큼 나쁜 어른들이 많아. 그냥 지나쳤는데 나중에 상대방이 잘못한 거라고 소송 거는 경우도 많고. 너도 잘 알아두는 게 좋을 거야."

법대는 알 수 없는 말을 하고 자리로 돌아갔다. 책만 보더니 이상해진 것 같다. 책상 서랍에서 교과서를 꺼내려는데 누군가 날 보는 눈길에 위를 올려다봤다. 언제 왔는지 예빈이가 날 쳐다보고 있다.

"찬아야, 그런 일은 나한테 제일 먼저 말해줘야 하는 거 아니야?"

예빈이가 빨개진 눈으로 울먹거린다.

"사실 너에게 먼저 말하려고 한 건데, 중간에 연식이가 끼어드는 바람에 그렇게 된 거야. 미안해."

"이제 어떻게 할 건데 장군이를 달라고 하면 어떡해."

예빈이 눈에서 눈물이 뚝뚝 떨어진다. 난 어떻게 해야 할지 몰라 바라만 보고 있다. 혜연이가 와서 울지 말라며 예빈이를 안아준다. 혜연이가 하는 행동은 내가 힘들 때 엄마가 나에게 해주는 것과 같다. 혜연이는 눈이 찢어질 것처럼 곁눈을 하고 날 째려본다.

"찬아야, 나랑 예빈이랑 편의점 사장님을 찾아갈 거

야. 너도 같이 가줬으면 좋겠어."

"그건 할 수 있는데, 어떻게 하려고?"

"사장님한테 장군이를 예빈이가 키워도 되냐고 물어볼 거야."

혜연이의 야무진 말에 고민만 하고 있던 내가 한심하게 느껴졌다.

"그래, 같이 가자. 나도 예빈이가 기를 수 있게 해달라고 사장님께 말할게."

"당연하지."

무엇을 어떻게 해야 할지 모르겠지만 일단 가보면 어떻게든 될 것이다.

방과 후 예빈이랑 혜연이와 함께 편의점에 가려고 하는데 멀리서 민준이와 건우가 뛰어온다.

"얘들아, 우리도 같이 가자."

헉헉거리는 민준이는 신발을 다시 고쳐 신고 있다. 얼마나 서둘렀는지 알 것 같다.

"우리가 너희들 먼저 가버린 줄 알고 얼마나 뛰어온 줄 알아?"

"네 짝꿍은 어디 두고 너만 왔냐?"

건우와 항상 같이 다니는 제일이가 안 보인다.

"제일이는 이번 달부터 방과 후 학교에 다녀."

"제일이가? 제일이는 축구밖에 모르는 줄 알았는데 무슨 일이래!"

"제일이 삼촌이 드론 사업을 하시는데 드론을 배워두면 앞으로 직장 구할 때 좋을 거라고 하셨대."

우리는 초등학교 6학년인데 벌써부터 직장 고민을 하고 있다. 삼촌 말을 듣고 드론을 배운다고 나선 제일이도 의외다. 제일이는 우리 사이에서 알아주는 축구 천재다. 바쁜 부모님 때문에 시간 보내기로 다녔던 축구 교실에서 스카우트 제의도 받았었다. 제일이는 축구팀이 있는 학교로 가고 싶어 했었다. 하지만 제일이 부모님은 운동선수로 성공하기 힘들다며 전학을 시켜주지 않으셨다.

"너희들 편의점 사장님 만나러 가는 거지? 우리랑 같이 가면 좋을 거야. 백지장도 맞들면 낫다고 하잖아."

"넌 틈만 나면 속담을 쓰냐. 무슨 말인지 알아야 대꾸할 거 아니야."

어수선해질 것 같아 말렸지만 자기들이 있어야 힘이 세진다고 민준이와 건우는 극구 따라왔다. 날씨는 변함없이 덥기만 하다. 학교에서 편의점 가는 길이 이렇게 힘들 줄 몰랐다. 가만히 서 있으면 햇빛이 피부를 통과하려고 마구 쑤셔대는 것 같다. 걸으며 옆을 보니 장군이를 품에 안은 예빈이 손이 작게 떨리고 있다.

"딸랑딸랑"

"어서 오세요."

주인아주머니는 어제와 달라진 것이 없다. 흰 면티에 청바지를 입고 계산대에 앉아 계신다. 잠깐 우리를 쳐다보시더니 금방 알아보신다.

"오늘은 친구들이 더 많아졌구나. 날씨도 더운데 한낮에는 돌아다니지 않는 게 좋단다."

"사장님, 혹시 이 고양이를 알아보시겠어요?"

혜연이가 계산대 앞으로 불쑥 다가가 예빈이가 안고 있는 고양이를 가리켰다. 사장님은 갑자기 튀어나온 혜연이를 당황한 듯 쳐다보시더니 계산대에서 나와 한참 동안 장군이를 살펴보신다.

"우리 까망이랑 닮은 것도 같고……. 우리 까망이네! 어떻게 까망이를 너희가 데리고 있는 거니?"

"사실은요, 제가 장군이가 주인 없는 고양이인 줄 알고 집에 데려가서 키웠어요."

예빈이의 목소리가 손만큼이나 떨리고 있다.

"어머 그랬니! 난 우리 까망이가 도로에서 차에 치여 죽지 않았나 싶어 걱정했지 뭐니. 한번 안아봐도 되겠니?"

예빈이가 잠시 머뭇거리는가 싶더니 장군이를 안은 팔을 주인아주머니께 내밀었다.

"에구에구, 우리 까망이 털에서 윤이 나네. 주인을 잘 만나서 이렇게 멋져졌구나."

아주머니는 장군이 몸을 몇 번이고 쓰다듬으신다. 코를 털에 대고 냄새를 맡고 볼을 비비기도 하신다. 정말 장군이를 좋아하셨나 보다. 살짝 쳐다본 예빈이 눈이 빨갛게 변해가고 있다. 저대로 두었다가는 토끼 눈이 될 것 같다. 아주머니가 저렇게 고양이를 좋아하시는데 자기한테 주지 않을까 봐 걱정하고 있는 게 분명하다.

"네 이름이 뭐니?"

"장예빈이에요."

"이렇게 까망이를 데리고 와줘서 고맙구나. 아줌마가 우리 까망이가 많이 보고 싶어서 꿈에라도 한 번만 만나봤으면 했는데."

"그럼, 장군이를 다시 사장님께 줘야 해요?"

"우리 까망이한테 장군이란 이름도 지어줬니? 장군이 멋진걸!"

주인아주머니는 장군이를 번쩍 들어 올려 아기를 안

듯 가슴으로 꼭 껴안았다. 이런 모습을 보고 있는 예빈이는 울기 직전이다.

"이제 까망이 아니, 장군이 주인은 예빈이인 것 같구나."

"네?"

주인아주머니는 장군이를 팔로 감싸더니 예빈이에게 넘겨주신다. 예빈이 눈에서 눈물이 뚝뚝 떨어진다.

"에고, 우리 아가씨 마음고생이 많았구나. 아줌마는 일이 바빠서 까망이를 많이 보살펴 주지 못한단다. 아줌마 남편이 길고양이라고 키우는 것을 반대해서 집에 데려가지도 못했는데. 지금 까망이를 보니까 아줌마가 기뻐. 앞으로 우리 예빈이가 잘 키워줄 거지?"

"정말요! 제가 키워도 되는 거예요? 감사합니다."

예빈이는 한 손으로 눈물을 훔치며 90도로 인사를 하고 있다.

"사장님, 장군이는 원래 사장님 고양이였는데, 이렇게 예빈이한테 키우게 해주셔서 감사합니다. 어떻게 사례를 해야 할까요?"

난 법대의 말이 생각나서 그냥 장군이를 데려가면 안 될 것 같은 생각이 들었다.

"사례라니 당치 않아. 고양이를 잘 보살필 수 있는 사람이 키워야 하는 건 당연한 거지."

주인아주머니는 예빈이를 쳐다보신다. 그 눈에는 따뜻함과 대견함이 묻어 있는 것 같다. 예빈이는 아무 말도 없이 훌쩍거리기만 한다. 아주머니가 예빈이의 머리를 쓰다듬어 주신다.

"여기까지 와서 우리 까망이를 보여줬는데 아줌마가 아이스크림 사줄게. 하나씩 골라오렴."

"이야호! 그러니까 착한 사람한테는 복이 온다니까."

민준이가 아이스크림 냉동고가 있는 쪽으로 달린다. 지금까지 아무 말도 않고 뒤에서 가만히 서 있던 건우도 어깨를 좌우로 흔들며 아이스크림이 있는 쪽으로 향한다. 먹을 것 앞에서는 언제나 기분 좋아지는 친구들이다.

하나씩 아이스크림을 물고 밖으로 나오는데 멀리서 연식이와 법대가 걸어오고 있다. 둘 사이가 언제 저렇게 가까워졌는지 모르겠다. 연식이가 우리를 알아보고 손을 흔든다.

"너희들 어디 갔다 오는 거야?"

민준이가 양손을 동그랗게 모아 입에 대고 소리친다. 법대와 연식이가 잠깐 멈추더니 **빠른 걸음으로** 우리 쪽으로 걸어온다. 법대가 예빈이가 안고 있는 고양이를 쳐다본다.

"이 고양이야?"

"우리 장군이야. 편의점 사장님이 내가 키워도 된다고 하셨어."

예빈이는 팔을 돌려 법대가 장군이 얼굴을 볼 수 있게 해준다.

"사장님이 그냥 키워도 된다고 하셨어?"

"법대 너, 세상에는 마음 좋은 분들도 많아. 네가 생각한 것보다 훨씬 더 많이."

"그건 이번에 운이 좋아서 그런 거야. 사장님이 절도죄로 예빈이를 고소하고 합의금을 요구할 수도 있는 거라고."

"왜 이러는 거야. 일이 잘 풀렸으니까 싸우지 말자."

혜연이가 나와 법대의 어깨를 토닥거린다. 하지만 법대와 나의 기싸움을 막지는 못한다. 법대가 날 쳐다본다. 나도 질세라 법대의 눈을 계속 쳐다봤다. 평소에 민준이랑 눈싸움을 해두길 잘한 것 같다. 법대도 만만치 않은 상대다. 법대의 눈은 여전히 까맣고 크다. 하지만 5학년 때 봤던 그 눈빛은 아닌 것 같다.

"야야, 그만해. 그러다 눈 빠지겠다."

민준이가 내 눈앞에서 손을 휘휘 젓는다. 그 바람에 눈이 감겼다. 법대를 이겨야 하는데 민준이는 하필 이럴 때 장난을 치는지 모르겠다.

"그런데 너희들 왜 저기에서 오는 거냐?"

건우가 연식이와 법대가 왔던 길을 가리킨다. 그곳은 유흥 주점이 많아 평소 초등학생들은 가지 않는 곳이다.

"지구대에 다녀오는 길이야."

"뭐?"

우리들은 순간 얼음이 되어 움직이지 못한다. 연식이는 아무 일도 아니라는 듯 어깨를 으쓱해 보인다.

"오늘 수업 끝나고 방과 후 학교에서 드론 경기를 하는데, 제일이 드론이 옆 반 태욱이 드론하고 부딪친 거야. 그 바람에 태욱이 드론 날개가 금이 간 것 같아. 태욱이가 제일이한테 새로 사 내라고 했어."

"드론 날개에 금이 가면 속상하긴 하지. 그런데 사 내라고 한 건 너무 했다. 태욱이가 갖고 있는 드론도 이웃집 중학교 형이 준 거라고 했는데 말이야."

예전에 드론부에서 수업을 받았던 건우가 아는 체를 했다.

"드론 선생님도 전용 본드로 붙이면 원래대로 잘 날 수 있다고 했는데 태욱이가 계속 제일이를 따라다니면서 사달라고 하더라!"

"그래서 어떻게 됐는데?"

장군이 걱정이 풀려서인지 한결 밝아진 예빈이가 우리 쪽으로 몸을 기울인다.

"제일이가 계속 피하니까 태욱이가 쫓아가서 제일이 옷을 잡아당긴 거야. 그때 제일이 손이 이렇게 옆으로 기울어졌는데. 드론이 바닥에 떨어지면서 완전히 박살이 났어."

손 모양까지 보여주며 연식이는 이야기에 열심이다.

"건우야, 너 제일이 발에 맞으면 얼마나 아픈지 알지. 축구하다가, 왜 있잖아?"

"엄청 아프지. 제일이가 태욱이를 때리기라도 한 거냐?"

"제일이가 태욱이 종아리를 발로 차버렸어."

"그 일이 너희가 지구대에 간 거랑 무슨 상관인데?"

혜연이가 이해가 안 된다는 듯 미간을 찌푸리며 연식이를 쳐다본다.

"태욱이가 방과 후 학교 수업 끝나고 제일이를 학교폭력으로 신고한 것 같아. 제일이가 우리보고 증인이 되어달라고 부탁을 해서 갔다 온 거야."

연식이 이야기를 듣고만 있던 법대가 입을 열었다.

"제일이는 태욱이의 드론을 망가뜨렸기 때문에 기물 파손죄를 저지른 거야."

이럴 때 보면 법대는 정말 AI 로봇 같다. 물어보지도 않은 법을 줄줄 말하고 있다. 제일이가 걱정되지도 않은가 보다.

"또, 태욱이를 발로 차서 상해를 입혔기 때문에 폭행죄도 추가 될 거야."

아이들은 법대에게 질문을 쏟아냈다. 난 법대의 말이 하나도 들리지 않았다. 제일이가 얼마나 힘들어하고 있을지 너무나 걱정이 됐다.

친구가 되는 방법

제일이 자리가 비어 있다. 책상 옆에 가방도 있고 책상 위에 책도 펼쳐 있는 걸 보면 학교에 온 것 같은데 보이지 않는다.

"민준아, 제일이 어디 간지 알아?"

"아침에 담임 선생님이 오셔서 데리고 갔어."

"어제 일 때문에 불려 간 것 같던데."

교실에는 어제 방과 후 학교 드론부에서 있었던 제일이와 태욱이 사건을 모르는 애들이 없다. 소식이 늦은 애들은 한쪽 구석에 모여 이야기를 전해 듣기 바쁘다.

"제일이는 어떻게 될 것 같아?"

"어제 전화했었는데 제일이도 잘 모르겠대, 오리무중이야."

"선생님은 제일이를 왜 데리고 간 걸까."
"아마 지구대에서 연락이 왔지 않을까!"
혜연이가 확신 있는 목소리로 이야기에 끼어든다.
"네가 그걸 어떻게 알아."
"혜연이 아빠가 경찰이시잖아."
예빈이가 혜연이 말을 거든다.
"그래? 혜연아, 너희 아빠도 이 사건을 아셔?"
"아니, 가끔 아빠가 학교에 학교 폭력 예방 교육을 가시는데 안방에서 연습하시는 걸 들었어. 지구대에 신고가 되면 다시 학교로 연락을 한대."
"제일이 그럼, 감옥에 가는 거야!"
울상이 된 예빈이가 아랫입술을 깨문다.
"아니야, 우리는 나이가 어려서 소년원에 가는 거야."
"촉법소년은 잘못해도 감옥에 안 간다고 하던데."
"TV에서 보니까 금은방에서 도둑질하고 집단으로 애들 구타하는 애들도 촉법소년이라고 감옥에 안 가던데. 제일이도 촉법소년이 된 거야?"
"그 애들하고 제일이를 비교하면 안 되지. 도둑질하고 자기보다 약한 애들을 때린 애들은 마땅히 벌을 받아야 하는 거 아니야?"
"맞아. 우리 부모님은 나쁜 짓 하고도 촉법소년이라

고 풀려났다는 뉴스 들으면 엄청 열 내시면서 법을 현실에 맞게 바꿔야 한다고 하셨어."

"그럼, 정말 어쩔 수 없이 사건에 휘말린 애들은 어떡해."

"그건 판사가 알아서 하겠지."

이야기가 전혀 다른 곳으로 흘러가고 있다.

"법대가 그러는데 제일이가 기물 파손에 상해죄를 저질렀대."

"기물 파손은 뭐고 상해죄는 뭐야?"

"기물 파손은 드론을 부서뜨린 거고, 상해죄는 때린 거야."

연식이 목소리다. 법대 옆에 찰싹 붙어 다니더니 연식이 마저 법에 대해 아는 체를 한다. 이야기를 듣던 애들이 조용해진다. 교실에서 친구들끼리 다투기도 하고 실수로 물건을 떨어뜨려 망가지게 하는 일도 종종 있는데 애들은 자신의 행동을 돌이켜 보는 것 같다. 언제 모여들었는지 내 주위를 반 애들이 둘러싸고 있다.

앞문이 열리더니 굳은 표정의 선생님이 들어오신다. 평소에 하시는 아침 인사도 하지 않으시고 우리를 쳐다보신다. 뒷문으로 제일이도 들어온다. 표정이 좋지 않은 건 선생님과 마찬가지다. 선생님은 우리를 쭉 둘러보시더니 '관계 맺기'라고 칠판에 크게 쓰신다. 그리고 컴퓨터로 가 영상을 큰 화면에 띄우신다.

동물들이 교실에서 게임을 하고 있다. 게임 규칙은 가위바위보를 해서 이기면 빨리 뿅망치를 잡아 상대를 때리는 것이다. 예전에 민준이랑 이 게임을 해봐서 뿅망치로 때릴 때의 짜릿함을 알고 있다. 뿅망치라 아프지 않아서 더 재미있었다. 토끼가 매번 호랑이를 때리고 있다. 그런데 이상한 건 져도 토끼가 호랑이를 때린다는 것이다. 한 번도 때리지 못한 호랑이가 점점 무섭게 변해가더니 앞발로 토끼를 할퀸다. 다음 장면에서 호랑이랑 붕대를 칭칭 감은 토끼가 나타난다. 곰 앞에서 서로 상대방이 잘못했다고 말한다. 토끼는 자기는 장난이었는데 호랑이가 자기를 할퀴었다고 주장하고, 호랑이는 토끼가 처음부터 게임 규칙을 지키지 않았다고 항변한다. 선생님은 영상을 잠깐 멈추신다.

"여러분이 곰이라면 어떻게 할 건가요."

"토끼를 저렇게 심하게 상처를 입혔으니까 호랑이한테 벌을 줍니다."

"아니지, 토끼가 먼저 게임을 규칙대로 안 했잖아."

건우가 자기 일인 양 분해하고 있다.

"건우 말대로 토끼가 먼저 자기가 졌으면 맞아야 하

는데 그렇게 안 했으니까 토끼를 혼냅니다."

"둘 다 잘못한 거 같아요."

"토끼가 장난으로 한 건데 호랑이가 토끼한테 폭력을 휘둘렀으니까 호랑이가 잘못한 것 같아요."

"여러분은 영상을 보면서 토끼와 호랑이의 잘잘못만 따지고 있는 것 같아요. 다른 관점에서 보면 어떨까요."

"학교 폭력으로 신고합니다."

법대의 발표를 들은 선생님은 살짝 미소를 짓더니 다른 곳으로 시선을 던진다. 스치듯 보이는 선생님 표정이 쓸쓸해 보인다. 애들은 쉽게 발표를 하지 못하고 멈춘 영상만 쳐다보고 있다. 뭐가 잘못된 것인지 곰이 어떤 결정을 내리는지 빨리 보여달라는 눈치다.

"선생님은 토끼와 호랑이가 서로 먼저 미안하다고 했으면 어땠을까 싶어요. 장난이었다고 하지만 아마 토끼도 자기가 잘못했다는 걸 알고 있었을 거예요. 호랑이도 토끼를 다치게 했으니까 잘못한 걸 알았을 테고요."

"선생님, 먼저 미안하다고 말하는 사람이 더 잘못한 거 아닌가요?"

"우리 부모님은 가만히 있으면 당한다고 똑같이 해주라고 하셨어요."

"저는 동생이랑 싸우면 제가 잘못한 걸 알아도 미안

하다고 안 해요. 괜히 자존심 상하거든요."

민준이가 멋쩍게 웃으며 말한다.

"선생님 생각엔 마음이 넓은 사람이 상대방을 잘 이해하고 미안한 마음도 먼저 전하는 것 같은데. 여러분도 할 수 있을 거예요."

선생님의 굳은 미간이 조금 풀어진 것 같다. 눈가의 할머니 주름도 다시 생긴다.

"아무리 장난이어도 때린 건 폭력이라고 했는데 학교 폭력으로 신고해야 하지 않나요?"

법대가 다시 학교 폭력 이야기를 꺼낸다.

"토끼랑 호랑이가 서로 학교 폭력으로 신고하면 되겠네."

"둘 다 학교 폭력으로 신고할 수 있어?"

"둘 다 학교 폭력이 되면 어떻게 되는 거야?"

교실이 다시 어수선해지더니 선생님 말씀하시는 게 잘 들리지 않는다.

"땡"

종소리에 애들의 목소리가 잦아들었다.

"여러분은 지금 학교에서 친구와 관계 맺기를 배워 가는 시기예요. 우리 반에서 자신을 제외한 29명과 어울려 지내야 하고요. 친구를 잘 알지 못할 땐 다투기도 하죠. 다투는 게 좋은 건 아니지만 싸울 때마다 학교 폭력을 갖다 대는 건 어린 여러분에게는 가혹한 일인 것 같아요. 여러분 스스로 친구랑 싸우지 않고 지내는 방법도 익히고, 그러기 위해 친구들의 성향도 파악해 보면 좋겠어요."

선생님 이야기는 이후로도 계속되었다. 그러고 보면 선생님은 애들이 싸워서 선생님을 찾으면 야단치지 않으셨다. 이야기를 다 들어주시고 "상황이 이해되니." 하고 물으셨다. 그럼 애들은 언제 싸웠냐는 듯 서로 미안해하며 자리로 돌아왔다.

학교가 끝나고 자연스럽게 건우와 민준이, 혜연이와 교문 앞에서 만났다.

"예빈이가 안 보이네."

"예빈이는 오늘 피아노 학원 가는 날이야."

건우가 요즘 예빈이를 챙기는 눈치다.

"제일이가 교문 나간 것을 못 봤는데. 건우야, 너 제일이 봤어?"

"수업 끝나자마자 생활 담당 선생님이 오라고 하셔서 선생님 만나고 나온다고 했어."

제일이는 쉬는 시간이면 다른 곳으로 불려 다녔던 터

라 아직 사건 이후로 어떻게 됐는지 알지 못한다. 건물 입구 쪽에 제일이가 신발을 신고 있는 모습이 보인다. 제일이가 우리를 알아보고 뛰어온다.

"제일아, 쉬는 시간에 어디 간 거야?"

"태욱이 부모님이 날 학교 폭력으로 신고했어. 그래서 오늘 담당 선생님께 불려 간 거야."

"태욱이도 잘못한 거 아니야? 너 옷을 잡아당겨서 너 드론 다 망가졌잖아."

"잘 모르겠어. 부모님도 어제 이야기 듣고 어떻게 해야 할지 더 알아보신대."

"이제 태욱이랑은 놀지 말아야겠다."

종종 태욱이랑 축구를 했던 건우가 제일이 기분을 살피며 말한다.

"부모님도 나보고 태욱이랑 놀지 말라고 하셨어. 애들이 다툰 건데 부모가 말리고 교육시키는 게 아니고 학교 폭력이라고 신고하신다고."

"태욱이가 자기 부모님한테 뭐라고 말한 거야."

"내가 자기 종아리를 발로 찼다고 했대. 태욱이 부모님이 화가 나서 지구대에 신고하신 거야. 오늘 아침에 태욱이가 나한테 와서 말해줬어."

"태욱이 정말 싫어. 아무 일 없는 것처럼 오늘 웃고

다니더라!"

"만전지책이야. 앞으로는 태욱이랑 부딪히지 않게 조심해야겠어. 잘못하면 학교 폭력으로 신고당하잖아."

"민준아, 그러지 않아도 돼. 태욱이가 나한테 미안하다고 했는걸."

"왜 그걸 이제 말하냐. 그럼 끝난 거네."

"아까 담당 선생님한테도 태욱이랑 사과했다고 말했는데, 일단 신고가 들어온 거라 조사를 하는 거라고 하셨어."

"아, 다행이다. 그럼 태욱이랑 놀아도 되겠네."

민준이랑 건우가 눈을 마주치며 웃는다. 나는 엄마 일이 생각나서 좀처럼 웃을 수가 없다. 제일이 부모님은 얼마나 걱정하고 계실까.

"오늘 일 너희 부모님한테 빨리 말해야 하는 것 아니야?"

"안 그래도 내가 걱정된다고 오늘 부모님이 데리러 온다고 하셨어."

교문을 나오자 제일이 부모님이 차에서 내려 기다리고 계신다. 제일이는 우리에게 손 인사를 하더니 뒤도 돌아보지 않고 차를 타고 가버린다. 우리 앞에서는 담담하게 이야기했지만 저렇게 가버리는 걸 보면 제일이도 힘들었나 보다.

"혜연아, 제일이는 앞으로 어떻게 되는 거야?"

"태욱이도 조사받았을 거야. 학교에서 학교 폭력이라고 결정하면 교육청으로 사건이 넘어간다고 했어."

가끔 애들은 친구들을 위축되게 하고 싶은 마음에 학교 폭력이라는 말을 사용하기도 했다. 그런데 실제로 가까이에서 일이 일어나니 쉽게 사용하면 안 되는 말 같다.

"너희들 이제 어디 갈 거니?"

"보라 놀이터에서 놀고 가려고."

"그럼, 나랑 도서관에 가지 않을래? 선생님이 친구 사귀는 방법에 대해 알아 오라고 했잖아."

"그냥 알고 있는 걸 쓰거나 인터넷에서 찾으면 되는 걸 굳이 도서관까지 가서 찾으려고 하냐, 사서 고생하는 거야."

"예빈이도 피아노 학원 끝나고 오기로 했는데 너희도 같이 있으면 좋아할 거야."

"더위도 피할 겸 숙제도 하면 좋겠네."

민준이가 주춤하고 있는 사이 건우가 선수를 쳤다.

학교에서 200m 정도 떨어져 있는 도서관은 엄마와

함께 자주 찾았던 곳이다. 1층은 어린이 정보실이 있고 그 옆으로 작은 카페도 운영하고 있다. 2층에는 일반 정보실이 있는데 엄마는 1층에서 책을 더 많이 빌리셨다. 어린이 동화책을 많이 보셔서 애들처럼 동화책을 읽냐고 물으니, 동화책을 읽으면 아이들의 마음을 잘 이해할 수 있다는 대답이 돌아왔다. 엄마는 책을 읽을 때도 직업 정신으로 읽었나 보다.

도서관에 도착하니 엄마 일이 다시 생각난다.

"난 어떤 책이 있는지 검색해 볼게."

예빈이는 왼쪽에 놓인 검색대로 가고 건우와 민준이는 책을 위아래로 훑어가며 오른쪽으로 쭉 걸어 들어가고 있다. 난 예빈이 쪽으로 향했다.

"찾는 책이 있어?"

"친해지기라고 했더니 컴퓨터, 영어 관련된 책만 보여. 검색어를 뭐로 넣어야 할지 모르겠어."

"친구라고 입력해 봐."

비슷한 검색어에 해당하는 책들이 쭈르륵 올라온다.

"이게 가장 도움이 될 것 같아. 그런데 이건 일반 정보실에 있는 책이다."

"오호, 찬아야 너 달리 보인다."

혜연이가 웃으며 날 보는데 찢어질 듯 쳐다봤던 눈이

저렇게도 웃을 수 있구나 싶다.
"얘들아, 대박이야!"
"뭔데."
"일반 정보실에……."
민준이는 그새 2층 일반 정보실까지 돌아보고 온 모양이다. 무엇을 봤는데 저렇게 헉헉거리도록 뛰어왔는지 모르겠다.
"일반 정보실에 법대가 있어."
"법대도 선생님이 내주신 숙제하려고 왔나 보지."
"아니! 어른들이나 볼 법한 법학책을 보고 있던걸."
"건우는 어디 두고 너 혼자만 다니냐?"
나는 괜히 심보가 뒤틀려서 민준이를 탓했다.
"건우가 법대를 보더니 반가워하면서 법대한테로 가 버리잖아. 나는 너희한테 말해주려고 바로 달려온 거야."
사서 선생님이 우리를 쳐다보신다. 우리 말이 너무 컸나 보다.
"우리도 2층에 가야 하니까 올라가자."
민준이를 앞세워 2층으로 올라왔는데 법대와 건우는 보이지 않는다. 민준이가 손으로 우리보고 따라오라는 신호를 준다. 책장 사이사이로 들어가니 한 사람이 앉을 수 있는 작은 의자와 책상이 창가에 놓여 있다. 그곳에 법대가 앉아 있다. 건우는 책상 옆 바닥에 엉덩이를 깔고 뭔지 모를 두꺼운 책을 빠르게 본다. 아니, 책장을 빠르게 넘기고 있다.

"건우야 뭐해?"

"응, 왔어?"

건우답지 않게 목소리가 한껏 작아져 있다.

"법대가 조용히 하래. 너희들 올 것 같아서 책에서 그림 찾으면서 기다리고 있었어. 그런데 이 책 두껍기만 하지 그림이 하나도 없다!"

"너희들 도서관에 왔으면 조용히 해줄래!"

법대는 우리를 보고도 인사도 하지 않는다. 오히려 떠든다고 핀잔을 주는 게 우리랑 이야기할 생각이 없나보다. 엄마랑 자주 왔던 도서관이지만 여기까지 들어와 본 적은 없다. 법대가 보고 있는 책은 더더욱 낯선 책이다.

"법대야, 그럼 열심히 하고 내일 학교에서 보자."

책만 보고 있는 법대에게 혜연이는 귓속말로 인사말을 한다. 우리는 혜연이가 찾은 책을 한 권씩 대여하고 1층으로 내려왔다. 법대는 우리를 보고 반겨줄 듯도 한데 그렇게 말해야 했을까. 왠지 섭섭하다.

"얘들아, 카페에 예빈이가 기다리고 있는데 같이 가서 얼굴도 보고 빌린 책도 보는 건 어때?"

"좋지, 우리 시원한 슬러시도 시키자."

건우가 기다렸다는 듯 카페 쪽으로 가더니 문을 밀고 들어간다. 카페 안에는 팝송이 조용히 흐르고 있다. 팝송은 무슨 말인지 모르겠다는 말에 엄마는 음악은 그냥 몸으로 느끼기만 해도 된다고 했다. 조용히 흐르는 음악이 법대 때문에 섭섭했던 마음을 풀어주는 듯하다.

"사장님, 여기 딸기 슬러시 다섯 잔 주세요."

건우는 들어가자마자 주문부터 한다. 먹는 것에 진심인 친구가 있으면 주문으로 고민하지 않아서 좋다.

예빈이는 장군이를 무릎 위에 앉혀놓고 양 손가락으로 탁자를 두드리고 있다.

"예빈아!"

탁자를 두드리던 손이 장군이를 감싼다.

"너희 온 것도 모르고 있었네."

"뭐 하고 있었던 거야?"

건우가 의자를 끌어당겨 예빈이 옆에 앉는다.

"오늘 배운 부분이 잘 안돼서 연습하고 있었어."

장래 희망을 발표하던 날 예빈이는 피아니스트가 꿈이라고 했다. 임윤찬 피아니스트가 연주하는 동영상을 본 후 꿈에 대한 확신이 생겼다며 수줍은 듯 발표하던 예빈이 모습이 떠오른다. 자기가 하고 싶은 일을 찾고 열심히 노력하는 예빈이가 대견해 보인다. 그에 비하면 나는 내가 하고 싶은 일이 무엇인지 아직 잘 모르겠다.

"참! 너희가 장군이도 보고 싶어 할 것 같아 데리고 왔어."

예빈이가 장군이를 쓰다듬자 장군이는 기분이 좋은 듯 가르릉거린다. 며칠 지나지 않았지만, 가슴 부분에 있는 하얀 털 부위가 더 넓어지고 몸집도 커져 있다.

"방금 2층에서 법대 봤잖아. 그런데 도서관에서 조용히 하라고 문전박대하는 거 있지."

민준이가 법대를 본 일을 예빈이한테 말한다. 말투에 법대에 대한 서운한 마음이 묻어 있다.

"도서관에서 조용히 하는 건 우리가 지켜야 하는 예절이야. 1층에서 우리가 떠드는 바람에 사서 선생님이 눈치도 주셨고."

혜연이가 민준이의 불평을 잠재운다.

"난 법대가 뭐든 열심히 하는 모습이 보기 좋더라."

"그런데 너무 정 없이 굴어서 난 별로야."

장군이 문제로 법대가 한 말이 예빈이에게 상처가 돼 남아 있는 듯하다. 얌전하고 눈물 많은 예빈이가 다른 사람에 대해 나쁘게 말하는 건 처음 듣는다.

"없는 사람 두고 험담하는 건 아니라고 했어. 그만하고 우리 오늘 빌린 책 어떻게 할지 말해볼까?"

머쓱해진 우리는 둥근 탁자에 빙 둘러앉아 빌려 온 책을 펴고 목차를 훑어본다. 차례를 보면 책에 어떤 내용이 있는지 대강 짐작할 수 있어 좋다.

"각자 읽고 와서 이야기 나누는 건 어때?"

"이렇게 많은데!"

"학원도 가야 하고 우리, 역할을 나눠서 읽어보는 건 어떨까?"

"목차가 모두 열 개니까 두 목차씩 읽고 이야기 나누자."

"언제 만날 건데?"

"다음 주 화요일에 도덕이 들었지? 월요일에 여기에서 만나자."

혜연이의 주도로 우리들은 쉽게 의견을 모으고 다시 만날 날짜까지 정했다. 혜연이의 리더십이 부러워지는 순간이다. 마침 주문했던 음료수가 나온다. 건우가 단숨에 음료수를 들이켠다. 나도 한 모금 삼키고 친구들을 바라봤다. 건우는 민준이의 슬러시가 너무 많다며 자신이 먹어준다고 민준이에 잔을 **빼앗으려** 하고 민준이는 그런 건우의 이마를 한 손으로 밀고 있다. 다른 손에 든 슬러시는 민준의 입속으로 들어가고 있는 중이다. 예빈이와 혜연이는 그런 건우와 민준이가 재미있다는 듯 눈물까지 훔치며 웃고 있다. 새로운 친구가 생긴다는 건 이런 기분일까. 가슴이 뭉게구름이 피어오르는 듯 뭉실뭉실하다.

볍대의 판결 1

"일주일 동안 친구 사귀는 방법에 대해 많이 알아봤나요?"

애들이 우물쭈물 말이 없다. 친구를 사귀는 방법을 따로 배워야 하는 것이라고 생각해 본 적이 없기 때문이다.

도서관에서 빌린 책에는 사춘기 때 겪게 되는 심리 정서에 대해 나와 있었다. 친구들 사이에 생길 수 있는 사례도 나와 있었는데, 친구들의 행동은 감정이 먼저 작용하고 있다는 것도 알게 됐다.

민준이가 손을 번쩍 든다.

"선생님, 우리는 그냥 친구가 되면 친구라고 하는데요."

"우리 반에는 30명의 친구들이 있잖아요. 이 친구들이랑 어떻게 가까워질 수 있을까요?"

교실 분위기가 어색해진다. 우리는 반 애들 모두를 친구라 하지 않는다.

"선생님, 반 애들은 그냥 애들이라고 부르는데요."

선생님은 난감한 듯 헛기침을 하신다.

"선생님이랑 너희들이 생각하는 친구라는 개념이 다른 것 같은데, 너희들은 친구라는 말을 어떨 때 붙이니?"

"같이 노는 애요."

"제 마음을 잘 알아주고 이해해 주는 애요."

"제 이야기를 끝까지 들어주는 애요."

"제가 힘들어할 때 옆에서 위로해 주는 애요."

"맛있는 거 사주는 애요."

"에이, 그건 아니지."

"친구가 된 다음에는 서로 사주기도 해요."

"제 단점을 다른 애들한테 말하지 않는 애요."

"그건, 그래."

"선생님이 말하는 의미도 여러분하고 같아요. 다만 우리 반 전체가 서로에게 친구가 되었으면 좋겠어요. 그런 의미로 선생님은 여러분을 친구라고 부르고 싶어요."

애들이 이해되었다는 듯 "아!" 하고 서로를 바라본다.

"선생님, 알고 있는 걸 발표해도 되나요?"

"그럼요. 평소 나만의 비법이라고 생각되는 것도 좋아요."

"저는 제가 좋아하는 간식을 나눠 먹습니다."

건우의 발표에 여기저기서 웃음소리가 난다. 어제 도서관에서 만나 무수한 말을 했는데 어떻게 저렇게 발표할 수 있는지 모르겠다.

"게임을 같이 해요."

"게임을 한다고? 엄마한테 야단맞지 않아?"

"좋아하는 연예인 사진을 친구에게 줘요."

"지금까지 나온 발표를 보니까 자기가 좋아하는 것을 나눈다거나 함께 하는 것 같아요. 또 다른 의견 있나요?"

"먼저 다가가서 말을 걸어요."

"제가 손해 보는 것 같아도 한 번은 참아요."

"친구가 잘못한 걸 지적하지 않아요."

"여러분은 친구 사귀기의 달인이 될 수 있을 것 같아요. 이것과 관련해서 구체적인 경험을 이야기해 줄 사람, 발표해 볼까요?"

손 든 친구 수가 훨씬 줄어든다. 머리로 알고 있는 것을 행동으로 실천하기란 생각보다 힘들다.

"며칠 전에 교실에 들어오는데 민준이가 뒷문을 갑자

기 닿아서 발가락을 다친 일이 있었어요. 민준이는 저한테 장난을 친 거라고 했는데, 발가락이 아파서 장난으로 생각되지 않았어요. 그런데 민준이가 미안하다고 하니까 저도 괜찮다고 말해줬어요."

"지금 발가락은 괜찮아요?"

"발톱에 멍이 들었는데, 엄마가 발톱이 빠질 거라고 했어요."

"발톱도 빠져?"

"많이 아프겠다."

"아프진 않아."

반 애들이 하는 위로의 말에 혜연이는 아무 일도 아니라는 듯, 일자 웃음을 짓고 있다.

법대가 공책에 무언가를 쓰기 시작한다.

"제가 새로 산 색연필이 있었는데 그걸 친구가 빌려 쓰다가 부러뜨려 버렸어요. 새로 산 거라 아깝긴 했지만 친구가 고의로 그런 것 같지 않아서 그냥 넘어갔어요."

"마음이 많이 안 좋았겠다. 지금은 뭘로 쓰고 있니?"

"며칠 전에 그 친구가 미안하다며 빌려 쓴 거보다 더 좋은 걸로 사줬어요. 자기 엄마한테 말했나 봐요."

건우가 머리를 긁적거린다. 쑥스러울 때 하는 건우의 버릇이다. 법대의 연필 쥔 손이 공책 위에서 바쁘게 움직이고 있다.

"건우가 제 캐릭터라며 이상하게 그려서 줬어요. 건우한테 하지 말라고 했는데 계속 그러니까 기분이 나쁘더라고요. 그래서 배운 대로 눈을 크게 뜨고 단호하게 '하지 마!' 했더니 더 이상 안 하길래 그냥 용서해 줬어요."

"그건 건우가 널 좋아해서 그래. 연모지정이야."

애들의 웃음소리가 교실을 가득 채운다. 예빈이는 얼굴이 빨게지더니 두 손으로 얼굴을 가린다. 선생님도 덩달아 웃으신다. 최근 들어 보기 힘들었던 할머니 주름이 진하게 생겼다. 법대가 손을 번쩍 든다.

"그래, 법대는 어떤 일이 있었니?"

"선생님 지금까지 세 건의 사건은 모두 학교 폭력입니다."

한참 웃고 있던 애들이 법대의 발표에 순간 웃음을 멈춘다.

"그게 무슨 말이니?"

선생님이 말하다 목에 뭔가 걸린 듯 기침을 하신다. 법대는 공책을 들고 조금 전에 썼던 글을 읽기 시작한다.

"민준이가 혜연이 발을 다치게 한 건 상해죄에 해당됩니다. 그리고 건우의 색연필을 가져가 부러뜨린 친구는 기물파손죄입니다. 건우는 혜연이가 싫다는데도 계속 이상한 캐릭터를 그려 괴롭혔기 때문에 정신적인 폭력을 저지른 것입니다. 그래서 모두 학교 폭력에 해당이 됩니다."

반 애들이 동요되기 시작한다. 일주일이 지나도록 학교 폭력 사건이 종결되지 않아 요즘 학교에 오기 싫다던 제일이는 아무 말도 하지 않고 책상만 바라보고 있다. 더욱 난처한 건 발표했던 애들이다.

"내가 괜찮다고 했는데 그걸 학교 폭력이라고 말하면 안 되는 거 아니야?"

혜연이가 특유의 곁눈으로 법대를 노려보고 있다.

"너처럼 그냥 그냥 봐주니까 애들이 계속 장난이라고 하면서 안 고치는 거야."

"내가 빌려준 색연필보다 더 좋은 걸로 사주고 그 친구랑도 지금 잘 지내고 있는데 뭐가 문제야?"

건우가 벌떡 일어나더니 법대를 향해 곧 달려갈 기세로 소리를 지른다.

"부러진 색연필이랑 똑같은 걸 사준 것도 아닌데 그걸 받은 너도 문제가 있는 거야."

"뭐야!"

듣고 있던 예빈이는 울기 시작한다. 선생님이 교탁

앞으로 나오시더니 법대와 건우 사이를 가로막고 서신다. 건우와 법대가 서로 못 보게 하는 것이다. 법대가 자리에 앉는다. 건우의 가슴은 오르락내리락하고 있다. 화를 참고 있는 모양이다.

"오늘은 친구 사귀는 방법에 대해 알아보는 수업이었어요. 다음 시간에 인권에 대해 알아볼 텐데 여러분이 궁금해하는 학교 폭력에 대해서도 같이 이야기 나누기로 해요. 평소 학교 폭력이라고 생각되는 것을 학급 누리집에 올려보는 건 어떨까요."

애들은 서로를 쳐다보며 수군거린다. 연식이는 이 와중에 법대를 보며 엄지손가락을 치켜세우고 있다. 법대는 책상 위에 있는 도덕책이며 공책을 정리해서 책상 서랍에 넣고 있다. 선생님은 더 이상 별말씀 없이 수업 끝인사를 나누고 교실을 나가신다.

법으로만 따지고 드는 법대가 이상한 것 같은데 가만 놔두시는 선생님이 이해되지 않는다.

법대의 판결 이후로 반 애들의 다툼이 많아졌다. 그리고 싸울 때마다 법대로 하자며 언성을 높였다. 서로 상대가 잘못한 거라 주장했지만 법대의 법은 한쪽의 손만 들어줬다. 판결에서 이긴 애는 입꼬리가 한껏 올라가서 상대에게 사과를 요구했고 다른 애는 붕어 입을 한 채 미안하다고 말했다. 교실은 살얼음판을 걷는 듯했다. 다리 떠는 애에게 정신이 산만해진다며 그만하라고 하자 개인의 자유라며 들어주지 않았다. 옆에 앉은 애는 못마땅한 듯 인상을 쓰며 몸을 돌렸다. 책가방 끈에 걸려 넘어진 애는 책가방 끈을 길게 해놔서 넘어졌다며 책가방을 발로 찼다. 가방 주인이 따졌지만 가방이 망가지지는 않았다며 모르쇠로 일관 했다. 예전엔 그냥 웃으며 미안하다고 넘어갔던 일들도 날이 선 교실에서는 더 이상 통하지 않았다. 자신의 입장을 이해받지 못한다고 생각한 애들은 점점 사이가 멀어졌다.

벌과 친구 사이

7월답지 않게 35℃를 넘는 날씨 때문에 시원한 에어컨이 있는 교실에서 보내는 날이 많아진 날이다. 건우는 학교에 오자마자 책상에 엎드려 꼼짝도 않더니 1교시 수업 시간에 고개를 들었다. 집에서 야단을 맞고 온 게 분명해 보였다. 그림을 그리고 있어야 하는데 선생님을 보고 있는 것도 이상했다. 그런데 1교시 쉬는 시간이 끝나갈 무렵 책상에 엎드려 있던 건우가 벌떡 일어나더니 뒤쪽 출입문 쪽으로 달려갔다. 그 바람에 뒷문 쪽에서 이야기를 나누고 있던 법대가 건우의 어깨에 부딪혀 넘어지고 말았다.

"건우 너!"

법대가 눈을 크게 뜨고 건우를 향해 소리쳤다. 하지

만 건우는 뒤도 돌아보지 않고 복도로 나가더니 사라져 버렸다. 법대는 자리에서 일어나 건우가 사라진 복도를 향해 다시 외쳤다.
"너 학교 폭력이야!"
"건우는 법대 어깨를 쳐놓고선 사과도 안 하고 가냐!"
"학교 폭력 맞네!"
"어깨 한 번 친 게 무슨 학교 폭력이냐? 건우도 이유가 있겠지."
교실은 한순간 소란스러워졌다.
정신없이 상황을 파악하고 있는 사이 교실 앞에 서 있는 선생님을 발견했다. 선생님은 언제부터 저기에서 계셨던 걸까.
"무슨 일이니?"
선생님을 발견한 애들은 말없이 저마다 자리로 돌아가 앉는다.
"선생님 건우가 제 어깨를 치고 사과도 하지 않고 갔어요. 이거 학교 폭력 아닙니까?"
조용한 분위기를 깨고 법대가 입을 연다.
"건우는 어디 있니?"
선생님이 차분한 얼굴로 친구들을 둘러보신다.

"아직 안 들어왔어요."

애들이 합창하듯 대답한다.

"찬아야, 건우가 화장실에 있는지 살펴보고 오렴."

복도에 나오니 후덥지근한 열기가 온몸으로 느껴졌다. 비까지 오고 있어서인지 걸음을 옮길 때마다 땀구멍으로 땀이 송송 올라왔다. 선생님은 어떻게 건우가 화장실로 간 걸 아신 걸까.

수업 시간, 이렇게 혼자 복도에 나와본 건 처음이다. 조용하기만 할 것 같은 복도는 유튜브 채널을 듣고 있는 듯하다. 반을 지나갈 때마다 다른 소리가 들린다. 남자 선생님이 수업하는 소리는 듣기 힘든데, 묵직하게 들리는 선생님의 목소리가 아빠 목소리처럼 친근하다. 6학년 반에서 노랫소리가 들린다. 변성기에 접어든 애들 특유의 중저음과 새된 소리가 섞여 있다. 내가 부른 노래도 저렇게 들릴까 싶어 민망함에 발걸음을 재촉했다. 4학년 애들의 왁자지껄한 소리를 끝으로 화장실에 도착했다. 화장실 안에서는 인기척 하나 들리지 않는다. 내가 잘못 찾아온 건 아닐까 싶어 위치를 다시 확인했다. 평소 우리들이 자주 찾는 화장실 맞는데…….

"건우야, 화장실에 있어? 건우야?"

조용한 화장실에 덩그러니 내 목소리만 울려 퍼진다. 대낮이지만 아무도 없는 화장실은 무섭다. 비 오는 소리가 창문을 두드린다. 예전에 봤던 학교 괴담이 생각났다. 화장실 칸막이 문이 열리면서 교복을 입은 여학생이 나올 것만 같다. 아래를 내려다보면 다리가 없는 여학생. 어느 고등학교에서는 비 오는 날 화장실에서 우는 소리가 들린다고 했다. "누구 있어요." 하고 물으면 안 된다고 했다. 울음소리의 주인이 그 아이의 등에 달라붙게 된다고. 입술만 오물거릴 뿐 목소리가 좀처럼 나오지 않는다.

"건우야!"

목에서 갈라지는 소리가 난다.

"으응!"

"괜찮은 거지?" 건우는 대답이 없다.

"내가 밖에서 기다리고 있을까?"

"아니야, 선생님한테 조금 이따 들어간다고 말해줘."

건우의 목소리만 듣고 있자니 다시 화장실 여학생이 떠오른다. 그 여학생이 건우 목소리를 흉내 내고 있는 건 아닐까. 건우한테 물어보고 싶은 게 많지만 무서움에 빨리 화장실을 떠나고 싶은 마음만 든다.

"알았어. 빨리 교실로 들어와."

학급에 가까워지니 국어책을 읽고 있는 혜연이 목소리가 낭랑하게 들려온다. 뒷문을 최대한 소리 나지 않게 옆으로 밀었다. 어떻게 아셨는지 선생님이 날 쳐다보신다. 나는 소리 없이 입 모양만 크게 해 '있어요.'라고 했다. 선생님이 읽고 있는 책으로 고개를 돌리신다.

2교시 수업이 조금 지나서 얼굴이 창백해진 건우가 힘없이 교실로 들어왔다.

"건우 어디 아프니?"

"어제저녁에 뭘 잘못 먹었는지 아침부터 배가 아팠어요. 그런데 지금은 괜찮아요."

"몸이 안 좋으면 선생님한테 말하지 그랬니."

건우는 얼굴이 더욱 창백해져서 자리에 앉는다. 그런 건우를 선생님은 걱정스러운 표정으로 쳐다보신다.

"선생님 건우가 학교 폭력을 저지른 것은 어떻게 합니까?"

법대는 또박또박 큰 목소리로 선생님께 다시 질문을 한다. 나는 순간 대각선 쪽을 쳐다봤다. 건우는 일그러진 얼굴로 법대를 쳐다보고 있다. 옆에서 민준이가 건우 귀에 대고 속삭이는 것이 보인다. 건우 얼굴이 붉어지는가 싶더니 손으로 배를 움켜잡는다.
"선생님, 화장실에 다녀와도 돼요?"
선생님은 가만히 건우를 보시더니 건우를 데리고 밖으로 나가셨다. 민준이가 자리에서 일어나 복도로 나갔다 들어온다.
"선생님이랑 건우가 보건실 있는 쪽으로 가는데!"
민준이의 목소리는 한껏 상기되어 있다.
"건우가 많이 아픈가 봐!"
"꾀병 아니야? 괜찮다 하고선 학교 폭력 이야기가 나오니까 화장실 간다고 했잖아."
"선생님 안 계시는데 조용히 해!"
제일이가 앞으로 나가더니 애들한테 엄포를 놓았다. 제일이는 학교 폭력 경험을 하고 철든 애처럼 행동했다. 선생님이 안 계시면 시키지 않았는데도 앞에 나와 애들을 조용히 시켰다. 교실에서 가장 지저분한 쓰레기통 주변도 알아서 청소하고, 예전에는 보기 힘들었던 행동이다. 힘들 때 선생님이 많이 위로해 줘서 선생님을 돕고 싶다고 했던 제일이 말이 생각난다. 제일이의 학교 폭력 사건은 2주가 지나서야 서로 화해하고 마무리되었다. 제일이와 태욱이는 그전에 서로 미안하다고 했는데 왜 그렇게 오래 걸렸는지 알 수 없는 일이다.

"임원이면 저렇게 큰소리쳐도 돼!"

"권력 남용 아니야?"

제일이 말이 끝나기가 무섭게 애들은 입을 삐죽거리며 불만을 쏟아낸다. 앞에 있는 제일이는 이 말이 들리지 않은 듯 떠든 애들을 노려본다. 애들은 한껏 작아진 목소리로 자기네끼리 속닥거린다. 2교시 수업을 안 할 것 같다며 좋아하는 애들도 있고, 다음 수업이 미술 시간인데 못 하게 되면 어떻게 하냐며 속상해하는 애들도 보인다. 교실이 다시 시끄러워질 때쯤 선생님이 들어오셨다.

"건우는 보건실에서 쉬어야 할 것 같구나."

"선생님, 건우가 학교 폭력 피하려고 일부러 저러는 거 아니에요?"

지금까지 조용히 앉아 있던 법대가 목소리를 높이며 선생님을 쳐다보고 있다.

"오늘 건우랑 법대 일도 있고 내일은 학급 누리집에 올라온 학교 폭력 사례와 인권에 대해 알아볼 거예요. 법대도 그때 이야기하는 게 어떻겠니?"

법대는 그대로 자리에 앉는다. 요즘 법대를 찾는 애들이 늘어났다. 하지만 그 애들이 법대랑 노는 것은 보지 못했다. 법대의 설명은 명쾌했지만, 애들의 마음까지 움직이지는 못했기 때문이다. 연식이도 다른 친구가 생기고 반 애들의 눈치를 보느라 법대랑 어울리는 횟수가 줄어들었다. 법대가 점점 혼자가 되는 것 같아 걱정된다.

2교시가 끝날 무렵 교실로 돌아온 건우는 수업을 하고 계시는 선생님을 찾아 앞으로 갔다. 수업이 중단되고 모두 건우를 보았다. 수업 시간에 그림만 그리는 건우가 저렇게 앞으로 나가는 일은 처음이었다. 건우의 목소리는 들리지 않고 선생님은 고개를 끄덕이셨다. 건우는 가방을 챙기더니 교실을 나갔다. 결국 조퇴를 하는 듯했다. 가방을 들고 나가는 건우 뒷모습이 축 처져 있었다. 제일이가 뒤따라 나가더니 건우 가방을 들어줬다. 건우가 그렇게 조퇴를 하고 교실에서는 건우와 법대 편으로 나누어 설전이 벌어졌다.

"건우 자기가 잘못해 놓고선 배 아프다는 핑계로 조퇴하고, 비겁하지 않냐?"

"그럼 배 아픈데 가만히 있어야 하는 거야?"

"법대는 넘어졌는데 괜찮을까?"

"아까 보니까 잘만 걸어 다니던걸."

"법대도 그냥 넘어갈 건 넘어가 주지 꼭 그렇게 말해야 했을까."

"그럼 그냥 참아?"

"찬아야, 내일 어떤 이야기가 나올 거 같아? 아무래도 건우보다 법을 잘 아는 법대가 더 유리하겠지?"
 언제 왔는지 민준이가 나를 쳐다보고 있다. 난 못 들은 척 창문 쪽으로 고개를 돌렸다. 운동장 옆으로 쭉 뻗어 있는 길 위에 우산 하나가 걸어가고 있다. 건우의 신발도 교문을 향해 터벅터벅 걸어가고 있다. 건우를 위로해 주지 못한 내가 나약하게 여겨졌다.

 집에 와서 바로 컴퓨터를 켰다. 애들이 올려놓은 글이 모니터에 가득 차 있다.

> 앉고 싶은 친구랑 같이 앉지 못한다.
> 혼잣말이라면서 다 들리게 나에 대한 욕을 한다.
> 허락 없이 물건을 가져간다.
> 어깨를 치고 가고선 사과를 하지 않는다.
> 빌려 간 돈을 갚지 않는다.
> .
> .
> .

평소 다툼이 많은 내용들이다. 법대는 이걸 어떻게 해결할까! 법 사전을 이용해 발표하는 법대의 모습이 눈앞에 선명하게 그려지는 것 같다. 답답함에 한숨이 나온다. 나는 이걸 어떻게 해결할까! 멍하니 책꽂이만 계속 바라보았다. 《중학교 준비하기》, 《6학년 기본 영어 단어》, 《세계 위인》, 《세계 인권 선언》……. 6학년이면 알아야 한다며 엄마가 사주신 《세계 인권 선언》이 눈에 들어왔다. 손을 뻗어 빼니 먼지가 여기저기 날린다. 한 장씩 넘겨본 책에는 지금까지 내가 궁금했던 것들이 쓰여 있다. 나는 모니터에 있는 글들을 다시 훑어보았다. 그리고 키보드를 눌렀다.

벌 전쟁

"여러분이 학급 누리집에 올려준 글들은 잘 봤어요. 선생님이 준비한 것이 있는데 이것부터 읽고 시작해 볼까요?"

선생님은 우리들에게 세계 인권 선언 요약본을 주셨다. 어제 읽었던 내용들이 알기 쉽게 정리되어 있다. 여기저기에서 애들이 수군거리는 소리가 들린다.

제1조 우리 모두는 태어날 때부터 자유롭고, 평등하다.
제2조 모든 사람은 인종, 피부색, 종교, 언어, 국적 등이 다를지라도 차별받지 않는다.
제3조 모든 사람은 생명을 존중받으며 자유롭고 안전하게 살아갈 수 있다.

·

·

·

제19조 모든 사람은 의견을 자유롭게 표현할 권리를 가진다.

·

·

·

"이건 여러분이 올려줬던 질문들이에요. 방금 읽었던 세계 인권 선언문을 보면서 어떻게 해결하면 좋을지 조사해 보도록 해요."

애들은 선생님이 주신 자료와 스마트 패드를 이용해

저마다 찾은 내용들을 활동지에 기록했다.

"욕은 말이 아니라고 우리 아빠가 그러시던데, 아무리 속으로 한 말이지만 다 들리게 하는 건 잘못된 거 아닐까."

혜연이가 예빈이한테 하는 말이 들린다.

"맞아, 자기가 앉고 싶은 사람하고만 앉는 것도 상대적으로 다른 애들한테 너랑은 친하고 싶지 않다는 신호를 주는 것 같아서 인권하고는 상관없는 것 같아."

"빌려 간 돈을 갚지 않는 것은 누가 봐도 빌린 사람이 잘못한 것 같아. 그런데 우리가 돈거래를 해도 되는 거야?"

"아빠는 우리가 경제활동을 하는 게 아니기 때문에 돈거래를 하면 안 된다고 하셨어. 우리가 가진 거라곤 용돈밖에 없잖아. 갚고 싶어도 버는 돈이 없는데 어떻게 갚겠어!"

혜연이와 예빈이는 문제 하나하나를 자세하게 조사하고 해결 방법을 찾아보고 있다.

허락 없이 물건을 가져간다, 욕을 한다, 빌려 간 돈을 갚지 않는다. 이 세 가지는 만장일치로 친구들 사이에 하지 말아야 하는 것으로 의견이 모아졌다. 문제는 나머지 두 가지다. 그중에 어깨를 치고 가고선 사과하지 않는 것에 대한 친구들의 의견이 분분했다. 어제 건우와 법대의 일이 있어서인 듯하다.

"교실에서 걸어 다녀야 하는데 뛰는 바람에 일어난 일인 것 같아요. 교실에서 뛰지 않으면 좋겠어요."

"그럼 급한 일이 생길 때는 어떻게 해야 하나요?"

"그때도 다른 친구가 다치지 않도록 조심히 가야 하지 않을까요?"

고개가 옆으로 갸우뚱 기우는 애, 뒤돌아보며 '이게 말이 돼?' 하는 입 모양으로 친구에 의견을 물어보는 애, 턱을 받치고 발표자를 보고 있는 애까지 반응은 제각각이다.

이때 법대가 손을 든다.

"법대, 하고 싶은 말이 있는 것 같은데 발표해 볼까요?"

"'민법 제750조, 고의 또는 과실로 인한 위법행위로 타인에게 손해를 가한 자는 그 손해를 배상할 책임이 있다.'라고 되어 있습니다. 건우는 절 넘어뜨려 제가 다칠 수 있게 했으므로 저에게 손해 배상을 해야 합니다. 그런데 아직 사과도 하지 않았습니다."

법대는 건우가 학교 폭력을 행사했으며 그로 인해 자신은 정신적 피해를 받았다고 주장하고 있다. 학교에서 행복해야 하는 권리도 침해당했다고 한다.

법에 의한 판결은 교실을 조용하게 만든다. 애들은 잡담을 멈춘다.

"'보건의료기본법 제10조 2항, 모든 국민은 성별, 나이, 종교, 사회적 신분 또는 경제적 사정 등을 이유로 자신과 가족의 건강에 관한 권리를 침해받지 아니한다.'라고 나와 있어요. 저는 배가 아파서 급하게 화장실을 가다가 법대가 넘어진 것도 몰랐어요. 저도 건강해야 할 권리가 있으므로 제가 한 일은 잘못이 없다고 생각해요."

건우도 법대한테 밀리지 않고 자신을 변호한다. 평소에 공부에 관심 없고 그림만 그리던 건우가 아니다.

"건우가 화장실에 간 사이 법대는 친구들한테 자기 입장만 말해서 건우가 잘못한 것처럼 분위기를 만들었어요. 또 건우한테 자기 입장을 설명할 시간도 주지 않아 건우만 나쁜 애가 된 것 같아요."

제일이가 건우 편을 든다. 애들은 서로 눈치만 보고 있다. 섣불리 나섰다가는 친구 사이가 멀어질 수 있기 때문에 더욱 그렇다. 하지만 지금 가만히 있으면 난 어제처럼 방관자가 될 것 같다. 손이 땀에 축축해졌다. 어제 컴퓨터에서 찾아보고 작성한 글이 책상 위에 올려져 있다. 그걸 한 손으로 꽉 쥐었다.

"세계 인권 선언 제30조에 의하면, 나의 자유와 권리를 보장 받기 위해 다른 사람의 자유와 권리를 짓밟아서는 안 된다고 되어 있습니다. 법대는 자신이 행복해야 한다는 권리를 위해 건우가 배가 아픈 것은 생각하지도 않고 자기 입장만 말하고 있는 것 같아요."

갑작스러운 나의 발표에 애들이 웅성거린다. 평소 뒷자리에 앉아 발표는 하지 않은 내가 선생님이 지명하지도 않았는데 일어나 발표를 한 것이다. 선생님도 의외라는 듯 나를 쳐다보신다.

"선생님, 요즘 반 애들이 너무 자기 권리만 말해서 힘들어요."

"맞아요. 예전에는 그냥 지나쳤던 것도, 이제는 자기 권리를 침해당했다고 막 따져요."

"제가 뭐라도 하면 자꾸 학교 폭력, 학교 폭력 해서 친구랑 놀기가 힘들어요."

"내 권리도 있는 건데 자기 권리만 말하면 어떻게 해야 하나요?"

"나의 권리도 중요하지만 다른 사람의 권리도 중요하다고 아빠가 말씀해 주셨어요."

애들의 하소연에 분위기는 법대에게 불리하게 바뀐다.

"선생님, 우리는 학교 안에서도 법의 보호 아래 있습니다. 우리가 아무리 아니라고 해도 싸우면 법에 의해 결정이 내려지고, 우리는 그것에 따라야 하는 것입니다."

선생님은 법대를 지그시 바라보신다. 바라보는 눈빛이 일렁거리신다. 눈에 슬픔이 얹어지면 저런 모습일 것 같다.

"친구들이 힘들어하는 것에 대해서는 어떻게 생각하니?"

"그건 애들이 아직 어려서 세상을 몰라서 그래요."

"야, 그게 무슨 말이야!"

"우리도 보고 배운 게 있는데 우리를 무시하는 거야?" 여기저기서 탄식 소리가 들린다.

"찬아 엄마도 이번에 학생을 가르치시다 경찰서에 불려 가셨다고 합니다."

이건 또 무슨 말인가! 법대의 말에 나의 얼굴이 벌겋게 달아오르는 것이 느껴졌다.

"법대야, 지금 발표는 우리가 나누고 있는 이야기와 상관없는 것 같구나."

선생님은 법대의 발표를 제지하신다.

"학교에서 우리가 친구들과 무엇을 하든, 선생님이

어떤 이유로 학생을 지도하시든 모두 법 안에 있다는 것을 말하고 있는 것입니다."

나는 자리에서 벌떡 일어났다. 그리고 법대 앞으로 뚜벅뚜벅 걸어갔다. 나도 모르게 손에 힘이 들어가며 주먹이 쥐어졌다. 누군가 나의 팔을 꽉 잡는다.

"선생님, 찬아 엄마는 선생님이십니다. 선생님은 학생을 가르쳐 주는 사람이라고 했어요. 모르는 것을 가르쳐 준 건데 찬아 엄마한테 잘못을 돌리는 것은 문제가 있다고 생각해요."

민준이의 목소리가 들려왔다. 장난기 뺀 목소리에 따뜻한 마음이 느껴진다. 엄마가 반 애들한테 얼마나 잘했었는지도 떠오른다. 그것 때문에 내가 얼마나 투정을 부렸는데······. 몇 달 동안 마음속에 차곡차곡 쌓아 두었던 엄마에 대한 안쓰러움과 4학년 아이를 향한 원망이 토가 나올 듯이 목구멍으로 올라왔다. 목젖이 꿀렁거리더니 숨쉬기가 어렵다. 쉴 새 없이 눈물이 나왔다. 누군가 날 가만히 안아준다.

점심시간에 선생님은 법대와 날 상담실로 부르셨다. 선생님은 따뜻한 차와 과자를 우리에게 내미신다.

"점심은 맛있게 먹었니?"

우리 둘은 말하지 않는다. 난 점심밥이 목에 걸려 삼키기가 어려웠다. 민준이는 옆에서 자기가 좋아하는 떡볶이를 나에게 하나 건네줬다. 민준이의 마음은 알지만 젓가락이 가지 않았다.

 "요즘 많은 일들이 있었지? 예빈이 고양이 일이며 제일이 일이며, 친구들 사이에 다툼도 많아진 것 같고."

 선생님은 모든 걸 알고 계셨나 보다.

 "법대는 법에 대해 많이 알고 있더구나. 법이 있는 이유가 무엇이라고 생각하니?"

 "억울한 사람이 없게 하려고 법이 있다고 생각해요."

 법대의 목소리가 차분하다.

 "찬아의 생각은 어떠니?"

 "법대가 말하는 것과 같아요."

 나의 목소리가 법대의 목소리에 비해 작게만 느껴진다.

 "둘 다 법에 대해 잘 이해하고 있구나."

 "선생님은 우리가 싸울 때 법으로 간단히 해결하는 게 좋지 않으신가요?"

 "선생님은 교육하는 사람이고, 너희들이 친하게 지내는 방법을 알려주고 도와주는 사람이야. 학교에서 일어난 일을 법으로 해결하는 것에 대해서는 잘 모르겠구나."

"하지만 선생님도 우리가 싸우면 힘들어하시잖아요!"

"싸우는 모습을 보면 누구든 마음 아프고 힘든 것 같아. 아주 먼 이야기일 수 있지만, 너희들도 자신의 행동을 책임져야 하는 시기가 올 거야. 지금은 이런 일들을 어떻게 해결하는 것이 좋을지 조금씩 배워가는 시기라고 생각한단다."

법대는 책상 위에 손을 올리고 책상만 뚫어지게 바라보고 있다. 무슨 생각을 저렇게 하고 있는 걸까. 나도 생각이 많다고 민준이한테 핀잔을 듣는 입장이지만 저렇게 앉아 있는 법대의 모습을 보고 있자니 법대가 외로워 보였다.

"오늘 수업 시간에 많이 힘들었지?"

슬며시 옆을 쳐다본다. 법대는 여전히 그 모습이다.

"분위기가 안 좋았던 거 같아요."

"법대는 어땠니?"

"서로를 이해하기보다 싸우려고 했던 거 같아요."

법대는 손을 내려 무릎 위에 가지런히 올려놓는다. 그리곤 선생님을 바라본다. 단정하게 빗은 머리는 귀를 살짝 덮고 있고 선생님을 향한 눈은 움직임이 없다. 어떤 말이든 듣겠다는 자세다. 옆에서 보는 법대는 판결할 때와는 다르게 어린아이처럼 느껴진다.

선생님이 차를 우리 쪽으로 더 미신다. 나는 목이 말라 차를 한 모금 마셨다. 은은하게 퍼지는 박하 향이 입안에 맴돌더니 코로 뿜어져 나온다. 묵직했던 머리가 맑아지는 느낌이 든다. 법대도 나를 따라 차를 마신다.

"선생님도 친구랑 싸운 적이 있나요?"

"그럼, 어른들도 싸우기도 하고 울기도 하고. 너희랑 비슷한 감정들을 느끼지."

"그럴 땐 어떻게 하세요?"

"전화를 해서 미안한 마음을 전하기도 하고, 많이 힘들면 잠을 자기도 해. 그럼 한결 나아지던걸!"

선생님의 하얀 이가 웃는다. 할머니 주름도 같이 생긴다.

"찬아가 화가 났던 거 같은데 그 이유를 말해줄 수 있겠니?"

"법대가 건우 일이랑 상관없는 말을 해서 그랬어요. 그렇지 않아도 엄마 일로 속상한데 정확하지도 않은 일을 말해서요."

"법대는 찬아에게 하고 싶은 말이 있니?"

"그때는 친구들이 제 마음을 몰라줘서……. 저도 모르게 찬아 엄마 이야기를 한 것 같아요. 찬아한테 미안한 마음이 들어요."

 나는 법대를 쳐다봤다. 법대가 이렇게 쉽게 나에게 미안한 마음을 내비칠지 몰랐다. 마음이 한결 가벼워진다. 법대를 때리려고 했던 내 행동이 후회가 됐다.

 선생님은 미소 지으며 나를 바라보신다. 먼저 미안한 마음을 전하는 게 어떻겠냐는 선생님의 신호다. 마음이 넓은 사람이 먼저 말하는 거라던 선생님 말씀이 생각났다.

 "법대야, 미안해."

 "괜찮아, 나도 미안하다."

 법대는 더 하고 싶은 말이 있는지 손을 만지작거린다.

 "선생님, 저는 앞으로 판사가 되고 싶어요."

 법대의 말에 선생님의 할머니 주름이 더 짙어진다.

 "그래서 법에 대한 여러 책도 읽고 친구들한테 가르쳐 주기도 했는데. 이번 일로 어떻게 해야 할지 모르겠어요."

 "선생님도 법대가 친구들을 얼마나 아끼는지 알고 있단다. 친구들한테 법을 알려주었을 때 친구들이 다치지 않길 바라는 마음이었을 거야."

 "5학년 때 전학을 왔는데 그때 한 애가 절 괴롭혔어요. 제가 아는 것이 없어서 방어하지도 못했는데. 다른 애들은 나처럼 당하지 않았으면 싶었어요."

"그 친구가 아직도 널 괴롭히니?"

"아니요. 지금은 저랑 조금 친해졌어요."

"법이 사건을 명쾌하게 해결하는 것 같은데, 사람의 마음까지 해결해 주는 것 같지 않아. 법대는 건우가 널 미워해서 어깨로 밀쳤다고 생각하니?"

"아니요. 건우가 건강할 권리에 대해 말할 때 이해는 됐는데, 기분은 나빴어요. 사과해 줬으면 좋겠는데 그러지 않아서 화가 났던 거 같아요."

"선생님도 건우가 일부러 그렇게 했다고 생각하지 않아. 그때는 많이 아파서 정신이 없었을 거야. 뒤늦게라도 너에게 미안한 마음을 전했으면 좋았을 텐데. 그 점은 선생님도 아쉽구나. 너의 불편한 마음을 건우랑 이야기 나눠보면 어떻겠니? 선생님이 자리를 마련해 줄까?"

법대는 고개를 젓는다. 법대가 5학년 때의 일을 아직도 마음에 두고 있다는 사실에 연식이가 하는 행동을 보고만 있었던 내가 미안해진다.

법대와 나는 복도로 나왔다. 민준이가 교실 뒷문에 나와 있다가 우리를 보고는 급히 교실로 들어가는 모습이 보인다. 어정쩡하게 법대와 사이를 두고 걷는데 법대가 내 옆으로 바짝 다가와 걷는 속도를 맞춘다. 법대한테도 이런 면이 있구나 싶다.

"5학년 때 나에게 사탕 준 거 기억나?"

법대의 차분하지만 또렷한 목소리가 귓전에 전해졌다. 내가 법대한테 사탕을 주었던 일이 있었나 기억을 더듬어 보는데 법대의 목소리가 이어졌다.

"크리스마스이브였는데, 네가 나한테 사탕을 주면서 크리스마스 잘 보내라고 했잖아."

크리스마스가 다가오면서 학급에서는 카드도 만들고 수호천사 활동도 했었다. 그때는 짝이 된 애한테 쪽지랑 간식 주는 게 유행이었다. 학교에 오면 사물함부터 열어봤던 일이 떠오른다. 내 짝은 법대였다. 친구들이 하는 식으로 나도 법대 사물함에 쪽지와 사탕을 넣어 두었던 게 기억난다. 법대는 그 일을 잊지 않고 있었나 보다.

"그때 얼마나 기뻤는지 몰라. 전학 와서 처음 받아보는 친구 선물이었거든. 내 수호천사가 아무것도 주지 않으면 어떻게 하지, 엄청 불안했거든. 나만 못 받으면 어떻게 하지 하고."

법대의 시선은 앞을 향해 있다.

"6학년이 된 첫날 널 봤는데 정말 반가웠어. 그런데 넌 날 모르는 것 같더라. 그래서 아는 체를 못 하고 지냈는데. 지금 생각해 보면 내가 먼저 너에게 다가가 인사할걸 잘못한 것 같아."

법대가 나의 대답을 기다리고 있는 눈치는 아니다. 무대에서 배우가 독백하듯 나에게 자기 마음을 전하고 있다. 법대의 시선은 여전히 앞을 보고 있다. 다문 입술이 더 이상 움직이지 않는다. 이럴 땐 어떤 말을 해야 하는 걸까.

법대는 교실에 도착하자마자 건우에게 다가가 무언가를 말한다. 굳어 있던 건우 얼굴이 활짝 펴지더니 법대에게 악수를 건넨다. 법대가 그 손을 마주잡는다.

벌대의 판결 2

"칙칙칙칙, 쉬쉬이이이, 맛있는 밥이 완성되었습니다."

고소한 밥 냄새가 코끝을 자극한다. 거실에서 분주히 움직이는 소리도 들린다. 몇 달 동안 듣지 못했던 소리다.

"찬아야, 밥 먹고 학교 갈 준비해야지!"

엄마의 목소리에 생기가 넘친다. 나는 방을 나와 식탁에 앉았다. 엄마는 예전처럼 예쁘게 화장한 얼굴이다.

"엄마, 어디 가세요?"

"출근해야지. 밥 먹고 빈 그릇은 싱크대에 넣어두고 가렴."

엄마는 차 키를 손에 들고 종종걸음으로 밖으로 나가

신다. 내가 좋아하는 김치찌개 냄새에 입맛이 돋았다. 엄마가 바쁘다고 아침에는 잘 해주지 않던 계란말이가 김치찌개랑 같이 놓여 있다. 원래의 아침 풍경으로 돌아온 것 같아 기분이 좋다. 잘 먹지 않는 아침밥을 두 공기나 먹고 집을 나섰다.

학교 가는 길은 예전과 사뭇 달라져 있다. 가로수 나뭇잎은 진한 녹색으로 변했다. 매미가 아침부터 울어대며 본격적인 여름을 알린다. 달려가는 아이의 반팔 입은 모습이 매미 울음소리와 잘 어울리는 듯하다. 가로수 나무 그늘이 인도를 덮어줄 정도면 아직 늦지 않은 등교 시간이다. 나는 거드름을 피우며 여기저기를 둘러봤다. 마트 아저씨가 진열대에 수박이며 참외를 보기 좋게 놓고 계신다. 안에서 아주머니가 나오시더니 컵을 전해주신다. 아저씨가 그 컵을 들이켜는 모습은 보는 것만으로도 개운함이 전해진다. 신호등 앞에 내 또래 애들이 신호등 불이 바뀌기만을 기다리고 있다. 안전봉 앞에 미리 나와 있는 애가 위험해 보인다. 선생님이 그렇게 말씀하셨는데……. 아침 교통 봉사를 하시는 분이 그 애를 인도로 올려 보낸다. 그 애는 머쓱했던지 봉을 잡고 흔들고 있다. 아는 얼굴이 보이지 않아 서둘러 학교로 발걸음을 옮겼다.

교실에 들어서니 아침부터 떠들썩하다.

"나랑 제일이가 어제 축구하다 다퉜는데, 애들이 법대한테 판결해 달라고 저렇게 모여 있는 거야."

건우가 내 옆에서 혼잣말처럼 중얼거린다.

"너는 제일이랑 언제까지 그럴 것 같냐!"

"그러니까, 우리 둘은 원래 그런 사이인데 애들이 학교 폭력, 아니 심각하게 생각하니까 제일이랑 사이가 멀어질까 봐 나도 마음이 조마조마하다니까."

요즘 반에서는 학교 폭력이라는 말을 잘 사용하지 않는다. 그 말이 얼마나 무겁고 친구 사이를 멀어지게 하는 건지 경험으로 배웠기 때문이다.

"예빈아, 안녕!"

건우가 예빈이를 보더니 화색이 되어 말한다. 같이 온 혜연이는 본체만체한다.

"건우야, 어제 그려준 장군이 캐릭터는 너무 마음에 들었어."

예빈이 말에 건우는 머리를 긁적거린다.

"애들이 저기서 뭐 하고 있는 거야."

혜연이가 건우와 예빈이를 뒤로 하고 나에게 와서 묻는다.

"법대가 건우와 제일이 일을 판결하고 있는 거야."

"그런데 최근에 법대가 조금 달라진 것 같지 않아?"

나도 그렇게 느끼고 있었는데 혜연이도 눈치챘었나 보다.

"법대의 판결을 듣고 나면 애들 기분이 더 나아지는 것 같다니까."

"맞아, 예전에는 서로 얼굴도 안 보려고 했는데."

"법대가 변하긴 변했어."

"그건 그렇고 우리 이번 달 책은 뭐로 정하면 좋을까?"

우리는 도서관에서 책을 함께 빌린 이후 매달 모여 독후 활동을 하고 있다. 예빈이 엄마가 기특하다며 가끔 오셔서 멘토 역할을 해주시기도 했다.

"제일이가 합류한 기념으로 제일이가 읽고 싶은 책으로 하는 건 어때."

"좋은 생각이야."

"그런데 제일이하고 건우가 저런데, 독후 활동할 때 분위기 나빠지는 거 아니야?"

"둘은 매번 저러다 또 괜찮아지잖아. 법대가 서로 기분 나빠하지 않게 말해주겠지."

"법대가 어떤 말을 할지 궁금하긴 해."

혜연이가 법대가 있는 곳을 쳐다본다.

"우리, 법대가 뭐라고 하는지 가까이 가보자."

혜연이가 나를 잡아당긴다. 나도 조금 궁금했던지라 못 이기는 척 혜연이를 따라갔다.

법대 주변에 있던 애들이 "우와" 소리를 지른다.

"하지만 제일이와 건우는 누가 잘못했는지 따지기 전에 서로에 입장을 더 생각해 보면 좋을 것 같아. 법은 자신의 자유와 권리를 얻기 위해 다른 사람의 자유와 권리를 짓밟는 데 사용되어서는 안 되니까."

지금까지 법 조항만 읊어대던 법대가 아니다. 이제 친구들의 마음까지 헤아리는 걸 보니 법대는 괜찮은 판사가 될 것 같다.

"누가 뭘 잘못했다고 하냐?"

뒤따라온 건우와 예빈이가 궁금하다는 듯 쳐다보고 있다.

"잘못을 따지기 전에 상대방 입장부터 생각하라고 하는데."

"뭐 그런 판결이 있대!"

"우리도 늦게 와서 앞에 한 이야기는 듣지 못했어."

연식이가 무리 지어 있는 애들 틈에서 나오더니 우리를 발견하고 다가왔다.

"찬아야, 너 법대 판결 들었지. 법대는 앞으로 대단한 사람이 될 거야."

연식이는 연신 법대를 추켜세우고 있다.

"알아, 알아. 이제 그만해라."

법대가 일어나는 모습이 보인다. 친구들 보통 키보다 머리 하나는 더 커졌다. 순간 법대와 나의 눈이 마주쳤다. 여전히 눈동자가 까맣고 반짝이는구나 싶을 때 법대의 하얀 이가 보인다. 눈꼬리도 살짝 내려가 있는 것이 날 보고 웃고 있는 게 분명하다. 미소 짓는 법대에게 나도 웃어주었다.

"무슨 일이야?"

소리가 나는 곳을 보니 민준이와 제일이가 함께 서 있다.

"애들이 건우랑 네가 싸웠던 걸 법대한테 판결 내려 달라고 했어."

"싸우긴, 이제 애들 무서워서 축구도 못 하겠네. 그런데 법대가 뭐라고 했대?"

"둘 다 상대방 마음부터 살피라고 하던걸!"

"뭐 그런 도사 같은 말이 있냐. 법대의 판결이 요즘 뜬구름 잡는 것 같다니까."

민준이가 킥킥거리며 웃는다.

"그러나저러나, 우리 학교 끝나고 뭐할까, 육총사 뭉친 기념으로 떡볶이집에 갈래?"

"지난달 책이라도 읽고 말하는 건 어때!"

혜연이가 곁눈으로 건우를 바라보고 웃는다.

"에이, 그건 한 번에 읽을 수 있어."

건우는 요즘 허세까지 늘었다.

"제일아, 너는 어때?"

"아……, 글쎄"

"제일이 부끄럽게 그런 걸 묻고 그래. 오늘은 이 형님이 살게, 떡볶이 먹으러 가자."

"우와, 너 바둑 대회에서 1등 했다더니 용돈 받았나 보네."

"당연하지."

"그래! 그럼 먹어주는 게 예의지."

누가 먼저라 할 것도 없이 대답하는 우리를 보고 민준이가 기분 좋게 웃는다.

교실 창문으로 여름 같지 않은 시원한 바람이 들어온다. 아침 일찍 출근하신 선생님이 교실 환기를 위해 열어두시고 나가신 것이다. 그 앞으로 관찰용으로 심은 밀이 초록색을 빛내며 하늘거린다. 애들 얼굴 사진이 큼지막하게 붙어 있는 화분에는 친구들이 하나같이 웃고 있다.

화분에 심은 씨앗이 싹을 틔울 때까지 얼마나 초조했는지 모른다. 싹이 나오기 전까지 물을 자주 줘야 한다는 선생님 말씀에 애들은 매일같이 물을 주고 기다렸다. 흙 속이 궁금했지만 꾹 참다 보면 흙이 화산이 솟는 듯 올라왔다. 그 사이로 작은 초록빛이 보이고 하루가 다르게 싹이 쑥쑥 자라는 것을 볼 수 있었다.

겉으로 보기엔 변화가 없어 보이는 6학년 생활이다. 우리는 이 안에서 고군분투하며 싹을 틔울 준비를 하고 있다. 어떤 싹을 틔우게 될지 아무도 모르지만, 이 과정이 힘들다는 것을 서로 알기에, 우리는 친구라는 이름으로 그 옆에 있어줄 것이다.

"민준아, 떡볶이에 튀김 추가로 사는 건 어때?"

"뭐야! 물에 빠진 사람 구해줬더니 보따리 내놓으라고 하네. 떡볶이 취소다 취소."

지금 우리는 6학년

초판 1쇄 발행 2025. 7. 3.

지은이 김미선
펴낸이 김병호
펴낸곳 주식회사 바른북스

편집진행 박선민
디자인 김효나

등록 2019년 4월 3일 제2019-000040호
주소 서울시 성동구 연무장5길 9-16, 301호 (성수동2가, 블루스톤타워)
대표전화 070-7857-9719 | **경영지원** 02-3409-9719 | **팩스** 070-7610-9820

•바른북스는 여러분의 다양한 아이디어와 원고 투고를 설레는 마음으로 기다리고 있습니다.
이메일 barunbooks21@naver.com | **원고투고** barunbooks21@naver.com
홈페이지 www.barunbooks.com | **공식 블로그** blog.naver.com/barunbooks7
공식 포스트 post.naver.com/barunbooks7 | **페이스북** facebook.com/barunbooks7

ⓒ 김미선, 2025
ISBN 979-11-7263-461-2 03810

•파본이나 잘못된 책은 구입하신 곳에서 교환해드립니다.
•이 책은 저작권법에 따라 보호를 받는 저작물이므로 무단전재 및 복제를 금지하며,
 이 책 내용의 전부 및 일부를 이용하려면 반드시 저작권자와 도서출판 바른북스의 서면동의를 받아야 합니다.